UMA BABÁ PARA O BILIONÁRIO

MISHA BELL

MOZAIKA PUBLICATIONS

Título original: *Billionaire's Dog Nanny*
Copyright © 2023 Misha Bell
www.mishabell.com/pt/

Tradução: Nany
Preparação de Texto: Vania Nunes

Capa: Najla Qamber Designs
www.qamberdesignsmedia.com

Bell, Misha

Um Amor Em Promoção, de Misha Bell. Tradução: Nany. 1ª edição. Rio de Janeiro, BR, 2024.

Publicado por Mozaika Publications, por Mozaika LLC
www.mozaikallc.com

e-ISBN: 978-1-63142-935-4
Print ISBN: 978-1-63142-936-1

CAPÍTULO 1
LILLY

Como diabos ele é tão gostoso? Tudo sobre Bruce Roxford é frio como gelo, desde seus olhos azuis árticos até a carranca glacial em seus lábios. Até mesmo seu cabelo escuro e penteado para trás tem um brilho frio azul-escuro, em vez dos habituais tons castanhos quentes.

— Sim? — Ele pergunta imperativo, intencionalmente não abrindo mais a porta da frente.

Por que ele está agindo como se seu pessoal de segurança não tivesse anunciado quem eu era? Sem mencionar que temos hora marcada – e não é como se houvesse pessoas aleatórias entrando e saindo de sua enorme propriedade.

Fazendo o possível para não tremer com o frio que ele exala, digo: — Sou Lilly Johnson.

Sem resposta.

— A treinadora de cães.

Silêncio.

— Estou aqui para uma entrevista com Bruce Roxford?

O que não digo é que a entrevista é apenas um pretexto para dar uma bronca no desgraçado sem coração. O banco dele tomou minha casa de infância, então, quando vi seu anúncio procurando alguém na minha área, eu sabia que era o destino.

Talvez eu devesse xingá-lo agora?

Não. Ele bateria a porta na minha cara e mandaria seu segurança me escoltar para fora do local. Preciso tê-lo como público cativo. Antes de vê-lo pessoalmente, pensei em nos trancar em um cômodo e ler a nota que redigi cuidadosamente para a ocasião. Dessa forma, não esqueceria nenhum insulto ou acusação. No entanto, agora que estou cara a cara com esse enorme espécime masculino de ombros largos, tenho menos certeza de estar sozinha com ele, especialmente em uma situação hostil.

Ele levanta o braço musculoso na frente do rosto e franze a testa para o relógio A. Lange & Sohne. — Você está atrasada. Adeus.

As palavras me atingem como fragmentos de granizo.

— Atrasada cinco minutos — Retruco, orgulhosa de como minha voz está firme. — Tinha trânsito e...

— O trânsito é um fato tão previsível quanto os impostos. — Ele começa a fechar a porta na minha cara.

Eu inalo uma grande respiração. Não há tempo para

2

ler todo o meu discurso. Uma versão rápida terá que ser suficiente.

Antes que eu possa soltar qualquer veneno, um borrão de penugem preta sai da pequena lasca entre a porta e sua moldura.

Um porquinho-da-índia?

Não. Está abanando o rabo e lambendo meus sapatos.

Oh, certo. É um cachorrinho – o que faz sentido pelo anúncio.

Meu coração salta. Este é um Chihuahua de pelos compridos – e lindo, com uma pelagem sedosa preta como breu, pelo branco no peito, uma cara que me lembra um pequeno urso e manchas marrons acima de seus olhos que parecem sobrancelhas curiosas. Melhor ainda, a falta de latidos e mordidas no tornozelo até agora me faz pensar que este pode ser o membro mais amigável desta raça em particular.

Eu me agacho e acaricio seu pelo celestial. — Olá. Quem é você?

O cachorrinho cai, revelando que ele é um bom *menino*, ao contrário de uma menina.

Uma dor agridoce aperta meu peito enquanto coço sua barriga lisa. Já se passaram cinco anos desde que perdi Roach, o amor canino da minha vida, e ele também era um Chihuahua – apenas muito maior, menos amigável com estranhos e com uma pelagem lisa.

Até hoje, sempre que me deparo com um novo membro desta raça, um toque de tristeza mancha a alegria de conhecer um cachorro. Felizmente, por serem pequenos, poucas pessoas treinam Chihuahuas formalmente, então, nunca perdi um cliente por causa disso. De qualquer forma, a alegria vence rapidamente quando movo meus dedos para coçar o peito fofo do filhote, e ele começa a parecer um usuário de heroína.

— Você gosta disso, não, querido? — Sussurro.

Como sempre, minha imaginação me fornece a resposta do cachorro – que, por alguma razão desconhecida, é falada na voz impossivelmente profunda de James Earl Jones, também conhecido como Darth Vader:

Se eu gosto de massagens na barriga? Isso é como perguntar se eu gosto de uivar para a lua. Ou lamber minhas bolas. Ou comer um...

Em algum lugar bem acima de mim, ouço alguém soltar um suspiro exasperado.

Ah, merda. Esqueci onde estou. É uma ocorrência comum quando os cães estão envolvidos.

Endireitando-me em toda a minha altura (que, admito, mal chega a um metro e meio), olho desafiadoramente para os olhos azuis de meu inimigo – que parecem mais amplos agora, como buracos de pesca em um lago gelado.

— Como você fez isso? — Ele pergunta.

Nervosa, coloco uma mecha de cabelo atrás da orelha. — Fiz o quê?

Ele gesticula para o Chihuahua abanando o rabo. — Colosso nunca é amigável. Com ninguém.

4

Então talvez ele *seja* típico de sua raça. Eu sorrio, incapaz de me conter.

— Colosso? Quanto ele pesa, tipo novecentos gramas?

— Um quilo e duzentos — diz ele, a expressão ainda severa. — Você tem bacon nos bolsos?

Sentindo-me em um julgamento, puxo meus bolsos para mostrar que estão vazios. — Eu nunca alimento cães com bacon. Mesmo os tipos mais seguros têm muita gordura e sódio, para não mencionar outros aromas que...

— OK — Ele interrompe imperiosamente.

Eu pisco para ele. — OK o quê?

— Você está contratada.

CAPÍTULO 2
BRUCE

A pequena criatura – e não estou falando do filhote – levanta uma de suas sobrancelhas incrivelmente fofas. — Estou contratada?

— Sim.

Ela será minha primeira funcionária atrasada, mas entre Colosso gostar dela e a diatribe do bacon, ela é a melhor candidata que já vi até agora. Por mais ridículo que seja, essa posição tem sido mais difícil de preencher do que a do meu gerente de tecnologia.

— Assim, do nada? — Ela pergunta enquanto gentilmente pega o cachorrinho, que, para meu choque, a deixa fazer isso sem uma única tentativa de morder.

Demorou uma semana inteira até que ele me permitisse pegá-lo sem morder meus dedos – e nenhum de meus funcionários conseguiu essa façanha.

Abro mais a porta para deixá-la entrar. — Um dos meus segredos comerciais é minha capacidade de escolher a pessoa certa para cada trabalho.

A outra sobrancelha fofa se junta à primeira. — Tem certeza de que seu segredo comercial não é sua modéstia?

Finjo não ter ouvido. Não tenho ideia do porquê Colosso gosta dela. Ele é claramente um péssimo juiz de caráter. Aposto que foi algo estúpido, como o fato de ela ser a menor humana que ele já conheceu, o que o faz se sentir um cachorro maior. Ou pode ser tão simples quanto o fato de ela cheirar bem. Quando ela passa, detecto notas de cereja e incenso em seu perfume, junto com algo floral.

Ela espera até eu fechar a porta da frente antes de colocar Colosso no chão – uma atenção aos detalhes que eu aprecio. Não precisamos que o cachorrinho idiota saia correndo.

— O que diabos é isso? — Ela aponta para os tapetes higiênicos que cobrem toda a casa, como um mar azul.

Eu faço uma careta. — Colosso não é amansado.

Ela franze o nariz delicado. — Prefiro o termo 'domesticado'.

Embora minhas sobrancelhas sejam muito inferiores às dela, arqueio uma, de qualquer maneira. — Existe uma diferença prática entre um Chihuahua 'amansado' e um 'domesticado'?

Ela estreita os olhos castanhos para mim. — Existe uma entre 'abrasivo' e 'idiota'?

Se isso é uma tentativa de me insultar, é tão fraca quanto sua tentativa de aula de linguística. — 'Domesticar' faz parecer que estamos domando um lobo.

Como sempre, minha mente fica confusa com a ideia de Colosso compartilhar 99,9% de seu DNA com uma feroz máquina de matar. Então, novamente, o humano insignificante na minha frente e eu compartilhamos ainda mais DNA, o que apenas prova quanta diferença essa pequena porcentagem pode fazer.

A ruga do nariz se estende até a testa. — Também não gosto da palavra 'amansar'. Eu associo isso a métodos de treinamento que usam coerção e abuso.

Meus dentes cerram involuntariamente. — Existem pessoas que usam esses métodos?

Filhote bobo ou não, se eu pegasse alguém coagindo ou abusando de Colosso, seria a última coisa que eles fariam.

Ela olha para mim como se eu tivesse perguntado se a fada do dente é real.

— Existem até pessoas por aí que organizam lutas de cães.

Essas pessoas têm sorte de eu estar no comando apenas de um império bancário e não do mundo inteiro. Caso contrário, os filhos da puta seriam comida de cachorro.

— Conte-me sobre *seus* métodos — Exijo.

— Reforço positivo o tempo todo. — Ela se ajoelha ao lado de Colosso e coça sob seu queixo – o que ele parece gostar desproporcionalmente, a julgar pelo abano louco de seu rabo. — Eu encontro algo que o cão gosta e ofereço esse algo sempre que vejo um comportamento que quero repetir.

Entendi. Em essência, não é tão diferente dos bônus de fim de ano – que eu ofereço com excelência. Ou elogios – algo que as pessoas dizem que sou ruim.

— Vou ter que armar você com os biscoitos de aveia pelos quais ele é louco — digo rispidamente.

O cachorrinho gosta dos que meu chef faz, mas adora minha própria receita como se fosse misturada com opiáceos.

Ela se levanta. — Ele gosta de manteiga de amendoim?

— Ele venderia sua alma por isso. Então, novamente, ele gosta de qualquer coisa comestível – e muitos itens não comestíveis também. Até agora, não encontrei nada que ele não gostasse.

Ela inclina a cabeça de um jeito que me lembra Colosso. — Mesmo cítrico?

Eu bufo. — Ele adora laranjas. Implorou por um limão também, mas ouvi dizer que eles podem causar dor de estômago, então, não dei a ele.

Ela olha para o cachorro em descrença. — E os legumes?

— Pepino parece ser sua comida favorita.

Ela me dá um olhar cético. — E os vegetais?

Sinto um orgulho ilógico ao dizer: — Dei a ele rúcula, espinafre e couve – e ele comeu tudo.

— Sem dor de estômago?

— Nenhuma.

— Uau — diz ela. — Isso é ótimo. Cães motivados por comida tornam a vida de um treinador mais fácil.

Antes que eu possa alertá-la sobre a

superalimentação de Colosso, minha governanta entra correndo, com meu celular tocando em suas mãos.

— Sinto muito, Sr. Roxford — diz ela. — Essa coisa continua tocando.

A julgar pelo toque, é alguém do escritório, e eles não ousariam me incomodar se não fosse algo a ver com a criptomoeda que estamos desenvolvendo – meu projeto de paixão no momento.

— Eu vou atender. — Pego o telefone e olho para minha nova funcionária. — Enquanto isso, você pode decidir quando vai se mudar.

CAPÍTULO 3
LILLY

E u pego meu queixo do chão enquanto a senhora *Downton Abbey* foge, e as longas pernas do "Sr. Roxford" o levam para longe.

Me mudar? Para treinar um filhote? Ele é louco, ou minha audição enlouqueceu?

Tiro meu telefone da bolsa e releio o anúncio que me trouxe até aqui.

Uau. Perto da parte inferior, diz que é um trabalho com moradia. Como tudo que eu queria era uma entrevista, não me dei ao trabalho de ler até aqui.

Eu olho para Colosso. — Você sabe por que ele quer que eu more com ele?

O cachorrinho se senta em sua bunda e me dá toda a atenção – algo que geralmente tenho que ensinar a outros cães.

O mar de tapetes higiênicos não lhe dá uma pista, ou você vai me envergonhar me fazendo dizer isso? Ah, e se eu

11

disser, posso, por favor, por favor, comer um biscoito de aveia? Com pasta de amendoim?

Certo, claro. Filhotes vão ao banheiro à noite. Bastante. Além disso, os "muitos itens não comestíveis" eram provavelmente uma referência ao cachorro rasgar e consumir os tapetes higiênicos... ou papel higiênico... ou pedrinhas.

Sim. Filhotes são como aspiradores desajeitados com dentes. E despertadores sem botão soneca. Ainda assim, contratar alguém para treinar um filhote 24 horas por dia é algo que apenas um bilionário faria.

Um bilionário malvado e ganancioso que fez fortuna roubando casas de pessoas comuns, como meus pais.

Cerro os dentes e me lembro de ser paciente. Vou repreendê-lo. Qualquer minuto agora. Assim que ele voltar. Eu já deveria ter o repreendido em vez de tagarelar com ele sobre meus métodos de treinamento, mas o cachorrinho super fofo me surpreendeu.

Pelo menos eu acho que foi o cachorrinho, e não o fato de que o homem que eu odiei no ano passado acabou sendo bonito demais na vida real – se você gosta de todo o estilo alto, moreno e musculoso, idiota rico de olhos azuis e feições simétricas com uma *vibe* gelada.

O que eu não gosto, claro.

É o cachorrinho. Tem que ser.

O referido cachorrinho abana sua cauda adoravelmente espessa. Eu me agacho e dou-lhe outra massagem na barriga, sussurrando: — Não é sua culpa que seu pai seja um monstro.

Um monstro que precisa ser colocado no lugar dele.

Pego minhas anotações e analiso os pontos mais importantes.

Sim. Aqui vamos nós. Chega de indecisão.

Assim que Roxford voltar, vou acertá-lo com minhas palavras.

Então, novamente, talvez eu devesse localizá-lo agora, arrancar o telefone de suas mãos e soltar os bichos nele. Alternativamente, eu poderia colar esta nota na porta da frente e fugir. Ou até mesmo aceitar o trabalho e...

Um pigarro me traz de volta à Terra.

Maldito seja. Até sua garganta estúpida é sexy – toda musculosa, vigorosa e com um pomo de Adão proeminente que apenas implora para você dar uma lambida ou uma mordidela.

— Aqui. — Ele chega tão perto de mim que uma pitada de capim-limão e lima faz cócegas agradavelmente em minhas narinas. — Como estava no meu escritório, imprimi o contrato que você vai assinar. Supondo que você ache o valor aceitável.

Eu examino a pilha de papéis que ele me entregou até que meus olhos pousam no referido valor, momento em que quase derrubo o documento.

Dada a propensão de Roxford para expulsar as pessoas de suas casas, presumi que ele seria pechincheiro, oferecendo, na melhor das hipóteses, um salário-mínimo. Mas eu estava errada.

Veterinários não ganham tanto. Nem os ginecologistas, urologistas ou proctologistas. Nem escoltas sofisticadas... até onde eu sei.

É o tipo de valor em que eu seria uma idiota se pelo menos não considerasse esquecer por que vim aqui – e também a maioria dos meus outros escrúpulos e princípios.

Não. O que estou pensando? Não posso treinar o cachorrinho do homem responsável pela perda da casa da minha infância. Isso seria como dormir com Hitler. Ou banhar Putin. Ou cortar as unhas dos pés de Mel Gibson.

Mas o valor...

E não há como dormir ou dar banho no inimigo envolvido...

A menos que... espere um segundo. Voltando aos acompanhantes e proctologistas, é possível que ele esteja esperando algo de mim que não seja adestramento de filhotes? Ou, pelo menos, não o tipo de cachorro com quem normalmente trabalho? Ouvi dizer que existe uma brincadeira de cachorrinho BDSM...

Caralho. É por isso que esta é uma posição de contrato com moradia?

É nesta mansão onde está seu Quarto Vermelho da Dor?

Que nojento... e ainda bizarramente tentador.

Não, não é tentador. Nojento – foi isso que eu quis dizer.

Embora, pensando bem, haja um cachorrinho

Chihuahua de verdade na minha frente, então...

— Bem? — Ele exige, estreitando seus olhos gelados. — Está bom para você?

— O pagamento parece razoável — Consigo dizer. —, mas, para que não haja mal-entendidos, que serviços você espera de mim em troca?

Ele olha para Colosso. — Eu quero que ele ganhe o equivalente a um PhD em Ciência de Foguetes... de Harvard.

— Você quer dizer, transformá-lo em um cão de serviço?

Por que uma parte de mim está desapontada com a falta de favores sexuais superficiais?

Roxford me dá um olhar que sugere que sou uma completa idiota.

— Que tipo de cão de serviço uma pequena criatura como Colosso poderia se tornar?

— Oh, você ficaria surpreso.

— Surpreenda-me então.

— Ele poderia alertar os diabéticos sobre o baixo nível de açúcar no sangue, evitar ataques de ansiedade e assim por diante.

Ele me olha em dúvida. — E você pode treiná-lo para fazer essas coisas?

Não acho que seja o momento de revelar que, embora treinar cães de serviço seja meu objetivo na vida, atualmente não tenho muita experiência. Em vez disso, opto pela minha conquista mais impressionante.

— Bem, minha prima é uma consultora de fertilidade que tem uma Yorkie não muito maior que Colosso, e

15

eu ensinei a ela como saber se uma mulher está ovulando.

Pela primeira vez, os cantos de seus olhos se enrugam em um esboço de sorriso. — Você ensinou o cachorro ou sua prima?

— O cachorro, mas se eu tivesse macaroons de lichia suficientes, aposto que também poderia treinar minha prima – supondo que ela ficaria bem em se meter nas virilhas de suas clientes.

Ele sorri abertamente, e é glorioso. Se você pudesse engarrafar esse sorriso, aposto que poderia curar muitas coisas tristes do mundo, como depressão, ansiedade e constipação. Pena que você quase pode ouvir o rangido quando seus músculos faciais se dobram de uma maneira desconhecida para eles. Duvido que ele libere esse sorriso mais do que duas vezes por ano.

— Então... — Ele suprime o sorriso glorioso muito cedo. — Que tal começar ensinando a ele o equivalente à escola primária?

— Isso seria aprender a usar o banheiro em lugares apropriados, além de coisas como 'senta', 'fica', 'espera' e 'solta'.

Ele olha para o oceano de tapetes higiênicos espalhados no horizonte. — Faça a parte do banheiro sua principal prioridade.

Se eu fosse um cachorro, meus pelos estariam arrepiados. — Você sempre berra ordens para as pessoas sem nem mesmo um 'por favor' e um 'obrigado'?

16

Ele me dá um olhar sem remorso. — Se você quiser 'por favor' e 'obrigado', teríamos que nos comunicar por e-mail... e eu teria que reduzir sua taxa pela metade.

Uau. — Não, *obrigada*.

— Ótimo. Então me livre dos tapetes em casa até o final da semana.

— Fim da semana? — Eu bufo. — Isso seria complicado mesmo se eu me mudasse *hoje*.

Ele não perde o ritmo. — Então você se muda hoje.

Eu fico boquiaberta com ele. — O quê? Não! Eu tenho outros clientes. Eu tenho meu próprio lugar, e preciso das minhas coisas. Eu...

Ele acena com a mão com desdém. — Farei com que meu assistente encontre outra pessoa para seus clientes. Também farei com que ele contrate a mudança para você em uma hora.

Merda. Ele está falando sério.

Não tem como eu me mudar hoje... tem? Eu nem decidi aceitar esse trabalho. Na verdade, sei que não deveria aceitar esse trabalho. Mesmo que ele não fosse o homem que privou meus pais da casa, eu precisaria de pelo menos uma semana para avaliar todos os prós e contras. Os contras são incontáveis – e o chefe idiota é apenas a ponta do iceberg. Há o excessivamente fofo Chihuahua pelo qual posso desenvolver sentimentos se passarmos mais tempo juntos – o que certamente levará a um desgosto semelhante ao que experimentei quando perdi Roach. Há...

— Se você se mudar hoje, eu vou te dar um bônus

de início de contrato — diz o babaca acima mencionado. — Sua taxa diária vezes cem.

Minha mandíbula cai.

— E se você se livrar dos tapetes até o final da semana, receberá outro bônus – sua taxa diária multiplicada por mil.

Santo xixi de cachorrinho. Sei que ele está me intimidando com o dinheiro, mas não posso dizer *não* a esse tipo de número. A escola de treinadores de cães de serviço e as certificações não são baratas. Nem o aluguel dos meus pais, com o qual os estou ajudando.

Na verdade, ele está oferecendo o tipo de valor que me permitiria ajudá-los a pagar a entrada de uma casa nova.

Meu batimento cardíaco acelera enquanto a excitação ferve em minhas veias.

Seria a máxima justiça poética se eu usasse o dinheiro dele para ajudar as mesmas pessoas que ele despejou.

Mas não. Não posso tomar essa decisão tão impulsivamente. Eu tenho que pensar sobre isso. Eu tenho que decidir se isso faz sentido. Não sou o tipo de pessoa que "vai na onda". Gosto de pensar antes de agir, de analisar todas as possíveis implicações e...

Seu rosto escurece com impaciência, seus olhos árticos ficando mais frios enquanto ele olha para mim, e eu deixo escapar em pânico: — Se eu disser que sim, onde vou ficar?

Seu olhar é puro gelo agora. — Se?

— Sim. Se. — Eu levanto meu queixo, ignorando o

suor escorrendo pela minha espinha. — Eu não vou ficar em um armário embaixo da escada, à la *Harry Potter.*

— Você vai ficar no maior quarto de hóspedes. — Ele gesticula para longe, onde, possivelmente a quilômetros de distância, está meu futuro quarto. — Alguma outra exigência?

Agora que estou mais perto de tomar uma decisão, sinto-me um pouco mais calma. — Eu me recuso a chamá-lo de Sr. Roxford.

Seu rosto é difícil de ler, então não tenho ideia se ele está brincando quando pergunta: — Que tal 'senhor'?

Eu zombo. — De jeito nenhum. E antes de perguntar, esqueça coisas como 'mestre', 'cavalheiro', 'meu senhor', 'manda chuva', 'monsieur', 'señor', 'pan'...

Ele acabou de rosnar?

— Me chame de Bruce. — O nome é dito entre os dentes. — Presumo que você queira que eu a chame de *Lilly?*

Engulo em seco. Gosto de como ele diz meu nome – mesmo que esteja tentando tirar sarro disso.

— Isso mesmo... *Bruce.* — *Ugh.* Por que *seu* nome em meus lábios parece tão proibido e íntimo? Eu destilo meu sarcasmo com esforço. — E quando você disser meu nome, tente não soar como se estivesse chupando um limão.

Ele mostra os dentes. — Deixe-me mostrar-lhe o seu quarto.

Ele me leva mais fundo na mansão. Os tapetes

higiênicos estalam sob nossos pés, e eu ouço o tamborilar de Colosso nos seguindo.

Passamos por uma biblioteca maior que a de *A Bela e a Fera*. A sala depois disso está cheia de uma coleção de armaduras que não pareceria deslocada em um museu. Continuamos andando, e eu fico boquiaberta, especialmente quando passamos pelo que parece ser um pequeno cinema.

Ele para de andar de repente, então, eu esbarro nele, e Colosso bate seu focinho molhado no meu calcanhar.

— Aqui. — Bruce abre um conjunto de portas altas.

Abanando o rabo, Colosso corre para dentro do quarto e desaparece sob a cama king-size californiana.

Eu encaro. O luxuoso quarto de hóspedes tem o dobro do tamanho de todo o meu apartamento, com móveis que lembram um hotel chique e o teto alto de uma catedral.

Bruce entra e abre outra porta. — Este banheiro será seu.

O banheiro é cinco vezes maior do que o que tenho em casa.

— Isso vai funcionar — digo em um eufemismo do século. Minhas próprias acomodações para hóspedes são um sofá-cama e uma escova de dentes gratuita que ganhei do dentista.

Ele fecha a porta do banheiro. — Farei com que o pessoal da mudança limpe o quarto e traga suas coisas.

Limpar o espaço para as minhas coisas? — Não precisa, obrigada. — Isso seria como trocar um elegante Lamborghini por um cavalo e uma charrete feitos pelos inventores do Nissan Cube.

Ele olha em volta como se visse a mobília pela primeira vez. — Você quer usar o quarto como está?

Eu aceno vigorosamente. — Desde que os lençóis estejam limpos.

Há nitrogênio líquido em seu olhar. — Os lençóis são novos. As toalhas também. O mesmo vale para a escova de dentes e...

Colosso emerge de debaixo da cama, uma mariposa do tamanho de seu rosto na boca.

— Não! — Bruce grita. — Não coma...

Tarde demais. O pequeno Chihuahua mastiga a mariposa e depois a engole.

Considerando seus tamanhos relativos, isso seria como eu pegar e engolir um pombo.

— Cachorro feio — diz Bruce severamente.

Colosso se joga de bunda e olha para seu humano com olhos grandes e comoventes que não mostram culpa.

O que há de errado com as passas fofas do céu? Eles comem roupas, eu as como – é isso que meu irmão gêmeo Mufasa quis dizer com 'O Círculo da Vida'. Eu estaria disposto a trocar o próximo por um biscoito de aveia. Especialmente um biscoito voador.

Instintivamente, me coloco entre Bruce e Colosso. Imagino que um homem que poderia roubar minha casa de infância é capaz de chutar um cachorro.

— As mariposas são consideradas seguras para os cães comerem.

— Oh? — Bruce imbui a sílaba com tanto sarcasmo que tenho vontade de bater nele.

— As mariposas não transmitem nenhuma doença conhecida e não são tóxicas. — Sei disso porque Roach *adorava* comer mariposas, moscas e, ironicamente, baratas também, quando conseguia pegá-las.

Bruno cruza os braços. — Ele deve ouvir quando eu o proíbo de comer alguma coisa.

— Não seja um tirano — digo causticamente.

Suas narinas dilatam. — Você não acha que uma criatura com um cérebro do tamanho de uma noz precisaria de ajuda quando se trata de tomar tais decisões?

— Tamanho de uma noz? — Examino a cabeça de Bruce com uma meticulosidade exagerada. — Isso tornaria seu crânio ainda mais grosso do que eu pensava.

Bruce mostra os dentes – que por acaso são perfeitos, maldito seja. — É mesmo?

— Pode apostar. — Eu o encaro, esquecendo toda cautela. — E se você quisesse comer merda, eu deixaria.

— Quer saber, *Lilly*? Esqueça o trabalho. Você está demitida.

— Ótimo. — Eu mergulho em minha bolsa para tirar as anotações. Se eu não conseguir o dinheiro, pelo menos vou dar uma bronca nele.

Isso pode até ser para melhor, na verdade. Inalando uma respiração profunda, eu balbucio: — Você é uma máquina sem coração – e a personificação do que há de errado com o mundo. Como pôde...

Colosso choraminga lamentavelmente, me parando no meio do caminho.

Eu me ajoelho rapidamente. — O que há de errado?

A mariposa poderia estar o machucando? Ele não mastigou muito, então, é possível que ele fique com dor de estômago por causa disso.

O cachorrinho olha de mim para Bruce, depois choraminga de novo.

Ah, merda. Eu conheço esse comportamento. Ele...

— Ele não gosta de discussões — Bruce diz baixinho – que é o que eu estava prestes a concluir.

Eu me sinto mal. Claro, o filhote perceberá a hostilidade na sala. Os cães são seres sociais, afinal. Eu estava me comportando como um Bruce.

— Está tudo bem — Sussurro para Colosso. — Bruce e eu estávamos conversando com paixão.

O cachorro se acalma de forma impressionante rapidamente. Quando eu acidentalmente colocava Roach nesses tipos de situações, ele ficava deprimido por alguns minutos.

Embora Roach tenha partido há muito tempo, sinto uma pontada de culpa pelas brigas que tive com meu ex na frente dele. Não me sinto tão mal com a situação de hoje porque a culpa é de Bruce.

Falando nisso, eu me levanto e estreito meus olhos para ele. — Alguma chance de você não poder ser o seu eu horrível perto do cachorro depois que eu for embora?

— Você não vai embora — diz ele entredentes. — O cachorro gosta de você e não tenho ideia do porquê.

— Espere, o quê? — Fico boquiaberta com ele. — Você está falando...?

— Esqueça o que eu disse. Você ainda tem o emprego. Por ora. — Ele parece como se as palavras lhe custassem mais do que esta mansão.

Meu coração salta – e não apenas por causa do dinheiro. Em pouco tempo, o que eu temia se tornou realidade: já estou tão apegada a este Chihuahua que deixá-lo sozinho com seu dono de coração frio não é algo que eu me sentiria bem em fazer.

— Isto é, se você puder se comportar — Ele acrescenta antes que eu possa dar um suspiro de alívio.

É preciso tudo o que tenho para manter a calma pelo bem de Colosso.

— Me comportar?

— Você será cordial de agora em diante. Ou você *está* fora daqui.

Respirações profundas. Eu posso fazer isso. — Com uma condição. — Minha voz é um pouco mais nítida do que eu pretendia. — O mesmo vale para você.

Ele me dá um olhar incrédulo. — Eu não era o espinhoso.

— Não? — Eu tomo outra respiração profunda e deixo sair. — Viu? Eu deixei isso passar. — Mesmo que eu pudesse ter dito a ele que se ele abrisse a página da Wikipédia em "idiota", ele veria sua própria foto.

— É um começo — diz. — Agora, você se dignaria a responder à minha pergunta anterior?

Fique calma. — Qual delas?

Ele olha para seu protegido peludo. — O cachorro

pode ser ensinado a não comer algo que eu não quero que ele coma?

— Sim. Era sobre isso que eu estava falando antes, quando mencionei o comando 'solta'. Apenas tenha em mente que é muito mais fácil fazer um cachorro soltar objetos não comestíveis.

— Entendido. — Ele gesticula ao redor da sala. — Por que você não examina tudo e faz uma lista do que precisa trazer para cá?

Tipo, ele está achando muito difícil manter a cordialidade comigo depois dessa pergunta.

E tudo bem.

Eu me sinto da mesma forma.

Já estou olhando em volta quando Bruce sai e Colosso segue obedientemente.

Espere. O cachorro foi com ele? Ou é a Síndrome de Estocolmo ou ele realmente não é tão inteligente.

CAPÍTULO 4
BRUCE

Quando preciso me acalmar, gosto de ler, lutar boxe ou cozinhar.

A leitura está fora de questão porque acho que não consigo me concentrar em um livro agora. O boxe parece errado neste contexto particular: estou com raiva de uma criatura minúscula e, ainda por cima, é uma mulher, então, se eu me pegasse imaginando o rosto dela no saco de pancadas, teria que entregar meu cartão de homem.

Só falta cozinhar, e sei exatamente o que vou fazer: os biscoitos de aveia que Colosso e eu adoramos.

Tenho que dar a mão à palmatória ao cachorro. Quando a comida está envolvida, seu QI de repente rivaliza com as pontuações combinadas de Lassie, Scooby Doo e Cujo. Assim que pego o primeiro ingrediente, aveia em flocos, ele fica super empolgado e tenho certeza de que descobriu o que está para acontecer.

Ignorando-o por enquanto, tiro semente de linhaça, abobrinha, manteiga de amêndoa e xarope de bordo – ingredientes aprovados pelo veterinário.

O cão choraminga.

— Certo. — Dou a ele um gostinho de cada um dos ingredientes, e ele os devora como se fossem os primeiros alimentos que provou.

— Agora espere — digo severamente e continuo com meu trabalho.

Na hora de fazer a massa, já me sinto mais calmo. Eu nem tenho certeza do porquê fiquei tão irritado, em primeiro lugar. Meu melhor palpite é porque já faz um tempo desde que lidei com alguém tão pouco profissional quanto Lilly. Sou cliente dela, mas ela fala comigo como se me odiasse profundamente, mas só nos conhecemos hoje.

Pelo menos, eu acho que sim.

Não, eu sei disso.

Ela não é o tipo de mulher que eu esqueceria. Não com aquelas sobrancelhas fofas arqueadas acima daqueles olhos castanho-esverdeados e aquele mau humor.

Por alguma razão insondável, meus lábios se curvam em um sorriso e meu pau fica duro.

Eu olho para baixo. Que merda, pau? O que há com essa reação? Você acha que Lilly e eu somos um casal? Você está esperando que o sexo de fazer as pazes esteja à vista?

Não consigo pensar em uma ideia mais ridícula do que nós dois namorando. Quero dizer, Lilly é atraente, de um jeito meio travesso, mas quem se importa, já que ela é do contra? Além disso, não que isso importe, mas não pretendo namorar ninguém enquanto o projeto de criptomoeda exigir todo o meu tempo e energia. De qualquer maneira, quando eu começar a namorar, não será alguém como ela. Irritabilidade à parte, ela é minha funcionária e, portanto, está fora de questão. Ela também é uma década mais nova do que eu e está em uma idade em que tudo o que ela provavelmente quer fazer é tirar selfies em boates, postar essas selfies em suas redes sociais e ficar obcecada com gente como Justin Bieber ou quem quer que as garotas estejam babando em cima hoje em dia. E ela é delicada demais. Eu me sentiria como um maldito ogro se fizéssemos alguma coisa... o que não faremos.

Caralho. Essa imagem não ajuda com a porra da ereção.

Talvez abrir um forno de 375 graus ajude?

Não. Inacreditável.

Coloco os biscoitos dentro e ajusto o timer do meu telefone para dez minutos.

O cachorrinho se senta pacientemente, hipnotizado pelo forno.

Passo por ele e me tranco no banheiro adjacente.

Puta que pariu. Meu pau ainda está duro, apesar de tudo. Você pensaria que eu era a garota de 23 anos movida a hormônios em vez de Lilly.

Eu tento pensar sobre os regulamentos bancários do governo. Nada. Eu mudo meu foco para auditorias de IR. Continua duro. Eu trago armamento pesado –

pessoas mastigando ruidosamente e sorvendo sua comida.

Inacreditável. Mesmo isso não ajuda.

Cerrando os dentes, eu aperto meu pau – a única maneira infalível de me livrar desse incômodo.

À medida que prossigo, faço o possível para terminar em dez minutos, mantendo as imagens de Lilly longe da minha mente.

O limite de tempo é um sucesso.

A supressão da imagem é uma falha enorme.

CAPÍTULO 5
LILLY

Depois de vasculhar a sala, junto minha lista de pertences – e não é muito longa. Praticamente apenas minhas roupas e sapatos. E meus videogames, é claro.

Quando estou prestes a sair, um homem magro com bigode estilo Mario entra na sala.

— Olá, Lilly. — A maneira como ele diz meu primeiro nome deixa claro que ele costuma se dirigir às pessoas de maneira mais formal. — Eu sou o senhor... quero dizer, Johnny. Assistente do Sr. Roxford.

— Assistente de quem? — Eu me recuso a chamar aquele idiota de "senhor" de qualquer coisa.

Johnny torce o bigode. — Está de brincadeira, né?

Com pena do assistente, digo: — Você deve estar se referindo a Bruce.

— Sim. Sr. Roxford. — Desta vez, ele puxa o bigode nervosamente, e é uma maravilha que nenhum fio de cabelo seja arrancado.

Eu zombo. — Sim. Bruce.

— Certo. — Ele estende a mão para o bigode novamente, mas para no meio do caminho. — Ele me pediu para pegar sua lista de coisas para a mudança.

Eu entrego a ele a folha de papel na minha mão.

Sem afastar a mão, Johnny diz: — E suas chaves, por favor.

Eu pego a lista. — Eu não posso supervisionar a mudança?

O olho esquerdo de Johnny estremece. — Senhor... *Bruce* disse que se eles quebrarem alguma coisa, ele vai substituir. Ele também disse que é imperativo que você comece o treinamento de Colosso imediatamente.

— Bem — Assobio. — Parece que pela primeira vez em sua vida, Bruce não vai conseguir o que quer.

E se ele quiser me demitir por isso, que assim seja.

———

Enquanto Johnny, seu bigode e eu caminhamos pela mansão, detecto um aroma delicioso que faz meu estômago roncar.

Quando foi a última vez que comi?

Entramos na cozinha e localizo a origem do cheiro gostoso – uma bandeja de biscoitos que Bruce está tirando do forno.

Ele cozinha?

Não.

Algum chef pessoal deve ter deixado isso lá, e ele

está apenas tirando. Esforço doméstico sério para um bilionário, de qualquer maneira.

Então meu pulso salta.

Colosso está perto da mesa com um biscoito na boca.

— Está quente saindo do forno? — Grito, pulando em direção ao cachorro. — Ele vai se machucar!

Bruce entra no meu caminho. — Esse é do primeiro lote. — Há uma contração em sua mandíbula. — Obviamente, esperei esfriar antes de dar ao cachorro. Que tipo de sádico negligente você acha que eu sou?

O pior tipo – mas não digo isso porque concordamos em ser civilizados apenas alguns minutos atrás.

— Para sua informação, ela insiste em supervisionar a mudança — diz Johnny.

Devo dizer a ele que os delatores levam pontos antes de raspar os bigodes?

— Eu vou permitir isso — diz Bruce magnanimamente.

— Você vai permitir? — Resmungo, esquecendo a cordialidade por um segundo. Em um tom mais calmo, eu digo: — Se for do agrado de Vossa Alteza, voltarei antes que você possa dizer 'o primeiro por cento'.

Bruce vira as costas largas para mim. — Apenas pegue seus pertences para que você possa começar seus deveres. E é o ponto mais alto, zero-zero-um por cento.

———

Durante todo o caminho de volta para o meu carro, penso em algumas respostas inteligentes para o último comentário de Bruce, mas o melhor que consigo pensar é: *espero que Colosso cague no seu pé.*

Meu carro parece comicamente pequeno na garagem gigante em frente à mansão e, quando começo meu caminho de volta para casa, presto atenção aos detalhes da enorme propriedade.

Existem dois lagos em lados opostos da mansão, criando vistas deslumbrantes de todos os ângulos. Do outro lado do lago mais próximo há uma floresta intocada com um rebanho de veados brincando ao redor. É uma maravilha que Bruce não os tenha caçado até a extinção, como sua espécie gosta tanto de fazer. Perto do segundo lago, há um labirinto de jardim e um campo de golfe. Passear com o cachorro por aqui deve ser como passear por um resort de luxo.

Meu telefone toca.

Eu verifico quem é.

Ah. É Afrodite, minha prima. E não, não somos gregas, então minha tia pode ser oficialmente considerada uma abusadora de crianças por ter dado esse nome à filha.

— Ei, prima — Ela diz assim que eu atendo.

— Ei, Afro — Respondo com um sorriso. — Obrigada por me checar... um pouco tarde demais.

Eu disse a ela o que eu estaria fazendo, apenas no caso de Bruce virar um *Psicopata Americano* para cima de mim.

Ela parece preocupada quando pergunta: — Preciso tirá-la da cadeia?

— Na verdade, não fiz o que me propus a fazer. — Fico feliz que não seja uma videochamada, então, ela não pode me ver corar de vergonha.

— Por quê? O que aconteceu? — Ela pergunta.

Eu suspiro. — Ele me fez uma oferta que não pude recusar.

Ela engasga. — Ele colocou uma arma na sua cabeça?

— O quê? Não!

— Bem, é isso que essa frase significa em *O Poderoso Chefão*.

Eu solto um suspiro. — Tenho certeza de que você também pode usá-la em uma situação em que alguém lhe oferece uma tonelada de dinheiro.

— Espera — Ela grita. — Você está dizendo que vai trabalhar para o cara?

Aperto o volante com mais força. — Como treinadora de cães.

Há um silêncio chocado na outra linha.

— Ele tem um cachorrinho super fofo — digo defensivamente. — E o valor é insano.

— Qual é mesmo o nome do seu banqueiro? — Afrodite pergunta daquele jeito peculiar que eu não gosto.

Sabendo que vou me arrepender, digo a ela, de qualquer maneira. Ela digita algumas teclas e depois assobia. — Super fofo... o *cachorrinho*, não?

Aposto que ela está olhando a foto na página de

Bruce na Wikipédia – o que não faz justiça ao Bruce em pessoa.

— Eu sei o que você está pensando — digo. — E você está errada.

— Estou pensando que, se você quer ficar com um bilionário, seria inteligente encontrá-lo no dia em que estiver ovulando. Os homens são mais atraídos por nós durante essa janela de tempo.

— Com licença? — Eu me forço a desacelerar. Estou me aproximando do portão de segurança da propriedade, e a última coisa que quero é um fora de Bruce por colocar um de seus guardas no hospital. — O que você está falando?

— Você está ovulando — Afrodite diz, saboreando a palavra. — Quando vimos você esta manhã, Urano farejou.

Grr. Eu não deveria ter dado a Urano a chance de usar seu conjunto particular de habilidades em mim. — Da próxima vez que você precisar de um treinador de cães, não estarei lá para ajudá-la — Rosno, embora me pergunte se essa ovulação estúpida poderia explicar por que acho o Bruce gelado tão gostoso – em um sentido puramente físico.

— Não fique brava — Afrodite diz enquanto eu dirijo pelo portão e entro na estrada. — Achei que você gostaria de saber caso fique com ele. Assim, você pode decidir o que quer: se proteger de uma gravidez indesejada ou o contrário.

— O contrário?

— Você sabe, prender um bilionário com um bebê — diz ela prestativamente.

Eu cerro os dentes. — Não haverá sexo com aquele monstro. E certamente sem bebês.

Ela suspira. — Você precisa de um namorado, e esse cara é um bilionário que agrada aos olhos.

— Eu não preciso de um namorado, mas se eu precisasse, o dono do pior banco do mundo é o último homem que eu consideraria. Sua tia e seu tio perderam a casa por causa dele.

— Tenho certeza de que ele não cuidou pessoalmente do empréstimo — diz ela. — Pode-se argumentar que eles perderam a casa porque não pagaram a hipoteca.

— Eu não vou discutir isso com você de novo — digo. — O proprietário de uma empresa é o responsável final pelo que sua empresa faz. De qualquer forma, mesmo que ele não fosse o dono daquele maldito banco, eu nunca sairia com um cliente. E um idiota.

Ela cantarola. — Acho muito interessante o quanto você já pensou sobre isso.

Piso no acelerador com um pouco de entusiasmo. — Não pensei.

— Protestando demais?

— Não. — Eu piso no freio. Não vale a pena levar uma multa por excesso de velocidade por causa disso.

— Bem — diz ela. —, tenho certeza de que você também percebeu que ele não será seu cliente para

36

sempre, e é possível que você ainda não o conheça bem o suficiente para ter certeza de sua falta de jeito.

Ugh. — Esqueça isso, Afro. Mesmo que ele se transformasse magicamente em uma pessoa legal que possui um monte de instituições de caridade, sua família nunca o deixaria namorar alguém como eu. Eles são o tipo de rico que tem dinheiro antigo, enquanto você e eu somos lixo.

— Somos donas de negócios — Afrodite diz defensivamente.

— De pequenos negócios — digo. — E nossos pais não podem nem dizer isso.

Meu pai faz manutenção de piscinas e minha mãe limpa a casa dos outros; ambos trabalham para uma empresa de propriedade de outra pessoa. A mãe de Afrodite é cabeleireira, e seu pai era um doador de esperma anônimo com quem sua mãe teve um caso de uma noite. Os pais de Bruce, por outro lado, são famosos por filantropia e organização de arrecadação de fundos em Nova York. Duvido que saberia o que dizer a eles se os conhecesse.

Ela suspira. — Nossos pais são de classe média baixa, baixa e baixa.

— Sim — digo sarcasticamente. — Mesma faixa de renda de Joe Sujo.

— Você sabe — diz ela. — Mudanças de humor e irritabilidade são muito comuns durante a ovulação.

Eu gemo. — Você pode deixar meus órgãos reprodutivos fora da conversa, por favor? — Da próxima vez que eu estiver na casa dela, vou treinar Urano a fazer xixi nos sapatos dela.

— OK — diz ela. — Mas só se você me contar tudo.

Então eu faço exatamente isso, e leva a maior parte do meu caminho para casa, porque quando chego na parte em que vou morar com Bruce, tenho que reiterar minha recusa em ser a mãe do bebê de Bruce.

— Espero relatórios diários — diz ela quando finalmente termino.

— Claro. — Eu desligo e estaciono ao lado do meu condomínio de pobre.

O caminhão de mudança já está esperando do lado de fora da minha porta, e eles parecem muito sofisticados, para mudanças. Eu nem sabia que isso era uma coisa. Eles me chamam de "senhora" e lidam com minhas porcarias com cuidado – o que me faz pensar se Bruce está pagando a eles mais do que valem as coisas que estão prestes a mover.

De qualquer forma, quando se trata de meus brinquedos sexuais e videogames, não quero que os caras se envolvam. Quando eles não estão olhando, eu pego O Esquilo – um vibrador de clitóris do tamanho de um batom – da minha mesa de cabeceira para uma caixa de sapatos Converse onde guardo essas coisas, e então, desconecto meu suporte Nintendo Switch da TV e coloco isso e o console em uma maleta especial junto com todos os meus jogos favoritos.

— Posso ajudá-la a carregar isso? — Pergunta um dos carregadores, pegando a caixa de sapatos.

Eu dou um passo para trás. — Não, obrigada.

— E aquilo? — Ele aponta para a maleta do jogo.

— Não. — Dou um passo para trás novamente... e tropeço na minha mesa de centro, que é quando muitas coisas acontecem ao mesmo tempo.

Eu agito meus braços.

A caixa de sapatos e a maleta voam das minhas mãos.

Um carregador me pega antes que eu quebre minhas costas.

Outro pega a sacola com os jogos, mas a lateral da caixa de sapatos bate na mesa de centro e se abre, lançando brinquedos sexuais em direções diferentes, com alguns atingindo os carregadores.

Ah, merda.

Alguém me mate *agora*.

Com o rosto queimando, me desvencilho do meu salvador, pego O Esquilo do chão e o enfio no bolso.

Só que erro o bolso e a coisa cai no chão de novo, fazendo com que eu tenha que me curvar mais uma vez.

Talvez fosse melhor se eu tivesse batido a cabeça em alguma coisa.

Para meu horror, os caras pegam os brinquedos mais próximos deles e, com indiferença, os guardam de volta na caixa de sapatos.

Uau. Nem uma risadinha, nem uma piscadela, nem um sorrisinho. Estes devem ser os carregadores mais profissionais do mundo.

— Obrigada — Murmuro quando a caixa

amaldiçoada é devolvida para mim. — Vejo vocês na mansão.

Começo a fugir quando ouço quem me pegou dizer: — Se não virmos você, vamos deixar as coisas em seu novo quarto e você pode reorganizá-lo depois.

Se eu tivesse algum dinheiro, daria a eles uma gorjeta enorme como suborno. O cara tem que saber que vou comer uma refeição e, caso contrário, protelar meu caminho de volta para que não haja como enfrentá-lo e sua equipe novamente.

———

Quando dirijo até a mansão, a porta da frente está fechada e não há sinal do caminhão de mudança.

Ufa.

Toco a campainha e, como um caso de déjà vu, Bruce abre, os olhos ainda mais gelados.

— E agora? — Eu pergunto, lembrando-me de ser educada.

Parece que ele quer me decapitar ou coisa pior. — Mais uma vez, você está atrasada.

CAPÍTULO 6
BRUCE

Lilly agarra seus pertences de forma protetora.

— Como posso me atrasar se não te disse quando voltaria?

O fato de que ela tem razão só me enfurece ainda mais, mas eu me controlo, já que o cachorro está atrás de mim. — Sua nova obrigação teve dois acidentes.

Seus olhos se tornam semicerrados. — Você quer dizer *seu* cachorrinho?

— Você deveria ter estado aqui com a mudança. — Que saiu há uma hora.

— Não posso comer?

Ela está aqui há dois segundos, mas uma dor latejante está começando a se formar em minhas têmporas. — Da próxima vez que você estiver com fome, fale com o Chef Foxposse, ou o Sr. Cash, ou a Sra. Campbell.

Ela murmura algo parecido com: — Claro que você

41

tem um chef — Mais alto, ela diz: — Não tenho ideia de quem são essas pessoas.

— Você estava na cozinha com o Sr. Cash — Eu a lembro.

Ela sorri pela primeira vez desde nossa apresentação, e percebo que é possível achar dentes bonitos. — O nome dele é Johnny Cash?

— Sua falta de profissionalismo está aparecendo. — Como uma pequena oferta de paz, estendo a mão para ajudá-la com a caixa de sapatos que ela tem nas mãos.

Ela pula para trás como se eu fosse morder seu nariz. — Não toque nas minhas coisas.

Eu pressiono meus dedos em minhas têmporas, desejando que a dor pulsante diminua junto com a raiva que prometi não mostrar. — Você conheceu a Sra. Campbell também — digo com calma forçada. — Supondo que você se lembre de quando ela me trouxe meu telefone mais cedo.

Seus dentes aparecem novamente, apenas uma sugestão deles, mas com certeza supera a hostilidade. — O primeiro nome dela é Soup, tipo, sopa em inglês?

Meus músculos ficam tensos e a vontade de atacar é insuportável, mas preciso me lembrar de que Lilly só está fazendo uma piada estúpida. Ela não sabe dos meus problemas com sopa, ou mais especificamente, com o fato de outras pessoas comerem-na. Engolir. Soprar nela. Sugá-la pelos dentes.

Algo da minha luta interior deve aparecer porque ela diz: — Vixi. Eu só estava brincando. Se anima.

— Você vai tratar a Sra. Campbell – e o resto da

minha equipe – com o maior respeito — digo. — Está entendido?

Ela acena com a cabeça, mas eu pego um olhar furtivo. Eu finjo não ver.

— Posso ir para o meu quarto agora? — Ela levanta suas coisas.

Eu saio de seu caminho e faço um gesto para que ela entre.

Quando ela entra no foyer, Colosso a cumprimenta com tanto entusiasmo que você pensaria que ela esteve ausente por cinco anos.

— Eu sei — diz ela, acariciando atrás das orelhas. — Também senti sua falta.

Ela soa como se estivesse falando sério também – e isso me agrada, embora eu não tenha certeza do porquê.

Terminados os cumprimentos, eu a conduzo para o quarto em silêncio, já que essa é a maneira mais fácil de não chatearmos o cachorro bobo.

— Esteja na cozinha em dez minutos — digo depois de abrir a porta do quarto para ela.

— Uau. Tenho nove minutos inteiros para me instalar em um novo lugar. Que generoso.

— Tudo bem — Eu resmungo. — Em vinte minutos. Você pode encontrar a cozinha, certo?

Ela assente com a cabeça.

Estou um pouco cético, mas se eu expressar isso, uma briga vai acontecer.

Eu me viro para sair, mas Colosso não me segue.

Traidor.

Caralho. O que eu estou pensando? É bom que o cachorro queira passar mais tempo com sua treinadora.

Sem falar que, se alguém pode mostrar a ela onde fica a cozinha, é ele.

CAPÍTULO 7
LILLY

arguei a caixa e a bolsa.

Droga.

Ver minhas posses espalhadas pelo quarto luxuoso realmente mostra o fato incompreensível de que me mudei para a mansão do meu inimigo.

Se alguém tivesse me dito isso ontem, eu não teria acreditado. Eu teria afirmado que sou incorruptível – que não importa quanto dinheiro ele jogasse em mim, eu manteria meu posicionamento.

Acontece que tudo o que é preciso para me ganhar é dinheiro suficiente para comprar um cachorro de raça pura diariamente.

Que seja. Estou aqui, então é melhor ficar à vontade.

O problema com isso é que levei anos de consideração cuidadosa para decidir o lugar ideal para cada uma das minhas coisas no meu pequeno buraco de merda. Não há nenhuma maneira no inferno que eu possa replicar tal façanha aqui nos míseros vinte minutos que me foram permitidos.

Antes que eu entre em pânico, lembro a mim mesma que minha prioridade são as coisas de que preciso diariamente, como minhas roupas. Eu posso encontrar um bom lugar para os videogames no meu lazer – supondo que Bruce me permita.

Eu examino o quarto. Tem uma cômoda e um closet, mas em casa eu só tinha o último.

Onde minhas roupas devem ficar?

Pego meu laptop e inicio uma planilha de prós e contras para a opção de cômoda.

Na linha dos prós, coloco o fato de que todas as minhas coisas são dobráveis. Na mesma linha, acrescento que uma cômoda é um luxo que não tinha em casa, então, pode ser bom utilizar uma.

Do lado dos contras: minhas coisas podem ficar amassadas.

Voltando aos prós: uma cômoda fica mais perto da cama, então, seria mais rápido tirar as coisas de manhã.

Pera aí, tem um golpe que não posso esquecer: o armário vai deixar as coisas manterem a forma.

Hum. Havia aquela mariposa daquela vez no meu antigo quarto, mas não tenho certeza se é mais provável que comam coisas na cômoda ou no closet.

Meu telefone emite um bipe.

Ótimo.

É o cronômetro que defini para ter certeza de que não vou me atrasar, o que significa que não desempacotei nada no tempo estipulado.

Tudo bem, eu admito. Às vezes, acho difícil tomar uma decisão. Mas, ei, pelo menos seria difícil para um vendedor de carros vigarista tirar vantagem de mim – não a menos que eles estivessem dispostos a responder às minhas milhões de perguntas e esperar um ano para que eu escolhesse o veículo hipotético.

Abrindo a porta, dou um passo para o corredor, que é quando uma pequena criatura peluda sai por entre minhas pernas.

Espere um segundo.

Esqueci totalmente que Colosso estava no quarto comigo. Eu me pergunto o que ele estava...

Ah, merda. O que é aquela coisa rosa que ele tem na boca?

Por favor, não.

Mas a verdade é inevitável. Ele pegou o Esquilo.

— Espera! — Grito.

Sem se virar ou parar, ele abana o rabo, o que deixa clara sua decisão:

Sempre quis mastigar um esquilo, mas, em vez disso, fico feliz em jogar esse jogo de caça-cachorro.

A pior parte é que ele está indo para a cozinha.

Não. Me envergonhar na frente do pessoal da mudança já foi ruim o suficiente, mas se Bruce vir aquele brinquedo sexual, eu simplesmente...

Ouço vozes vindas da cozinha, uma feminina e três masculinas.

Ah, porra.

Bruce reuniu sua equipe para me apresentar a eles?

— Por favor, Colosso — Grito. — Para!

Ele abana o rabo com mais força e acelera.

Vou considerar trocar este brinquedo por um biscoito de aveia. Com manteiga de amendoim.

Certo. Uma ameaça. Eu apalpo todos os meus bolsos, mas não tenho nada nem remotamente comestível.

Grr. Se eu já estivesse trabalhando com Colosso, provavelmente seria capaz de blefar com ele estendendo minha mão como se tivesse uma guloseima, mas ainda não funcionaria.

Que tipo de treinador de cães de merda eu sou? Dei ao cachorro uma chance de pegar minhas caixas – e nem tenho uma guloseima nos bolsos.

A cozinha está cada vez mais perto.

Enquanto corro, rezo para Anúbis, o deus egípcio com cabeça canina. *Por favor, pare esse cachorro. Eu farei qualquer coisa. A partir de agora, sempre levarei uma guloseima e observarei o filhote com cuidado... e até mesmo evitarei a masturbação. Pelo menos com brinquedos.*

Não. Colosso não para sua corrida louca.

Ofegante, entro cambaleando na cozinha, onde toda a equipe me espera, como temia.

Devo rezar para Anúbis novamente, desta vez para o chão me engolir?

Um cara com um chapéu de chef com cabelo alaranjado e um tom semelhante de pele bronzeada tem uma espátula na mão, então ele deve ser o Chef Foxposse. Vendo o cachorro correndo, ele se afasta como se tivesse medo de cachorros... ou brinquedos sexuais.

Johnny Cash e a Sra. Campbell também estão aqui, e estão boquiabertos com a boca de Colosso, então não espero que não tenham notado.

Minhas bochechas queimam tanto que você pensaria que as raspei com um cortador de pizza e usei spray de pimenta como loção pós-barba.

O único que entra em ação é Bruce. Ele pega um biscoito da bandeja, se agacha e diz severamente: — Largue isso.

O Chef Foxposse deixa cair a espátula no momento em que Colosso solta o Esquilo.

O brinquedo rola no chão. Se alguém ainda não tinha dado uma boa olhada nisso, agora o fez.

Ah, e está vibrando. Porque, é claro.

— Aqui. — Bruce quebra um pedaço do biscoito e recompensa o cachorro com ele.

Colosso ataca a guloseima com uma empolgação que outros cães reservam para bacon, manteiga de amendoim e gatos.

Esta é a minha chance.

Salto para a frente para pegar o brinquedo, mas Bruce o pega antes de eu chegar lá e o guarda no bolso.

Parando no meio do caminho, prendo a respiração. Acho que vou precisar do poder da fala para repreendê-lo depois que ele me demitir.

Bruce olha para o relógio. — Agora que todos estão finalmente aqui, deixe-me começar as apresentações. — Ele gesticula para mim. — Esta é a Srta. Johnson, a treinadora de Colosso.

— Por favor — Eu consigo pôr para fora. — Me chamem de Lilly.

Ignorando-me, Bruce diz: — Srta. Johnson, conheça o Chef Foxposse, o Sr. Cash e a Sra. Campbell.

Cada um dos indivíduos acima mencionados se curva quando seu nome é chamado.

Bruce olha para o relógio novamente. — Eu tenho uma reunião. Conheçam-se enquanto eu estiver ausente.

Ele se vira e sai da cozinha. Colosso olha ansiosamente para a mesa onde estão os biscoitos, mas quando eles não voam magicamente para sua boca, ele corre atrás de Bruce.

Assim que Bruce está fora do alcance da voz, todos parecem exalar uma respiração aliviada – o que é de se esperar na casa de um ditador.

Eu limpo minha garganta. — É um prazer conhecer todos vocês. — *Por favor, não perguntem sobre o Esquilo. Por favor.*

— Oi, Lilly — Chef Foxposse diz com um sorriso. — Você pode me chamar de Bob.

Huh. Chef Foxposse definitivamente parece mais elegante do que Bob.

— Você já me conhece — diz Johnny e torce o bigode.

Ele e Bob olham para a Sra. Campbell.

Ela suspira. — Se o Sr. Roxford não estiver por perto, você pode me chamar de Prudence.

— Bom ponto — diz Bob. — Eu também gostaria de manter as coisas formais quando o chefe estiver por perto. — Ele sorri para a Sra. Campbell. — Isso é apenas prudente.

A governanta revira os olhos e depois se vira para mim. — Ele é um cozinheiro muito melhor do que um comediante.

— Falando nisso — diz Bob. — Para o jantar, você se importaria de comer nhoque de ricota com trufa branca?

Ele está brincando? — Isso soa maravilhoso. — Como um prato em um restaurante chique.

— Que tal panna cotta de uva para a sobremesa?

— Melhor ainda.

Caramba. Apesar de ter comido no caminho para cá, estou com água na boca.

Parecendo satisfeito, Bob pergunta: — Em geral, quais alimentos são seus favoritos?

Johnny e Prudence trocam olhares. Acho que o chef pergunta isso a todos.

— Não tenho favoritos.

— Bem, que tipo de comida você gosta? — Ele pergunta.

Eu dou de ombros. — Não sei.

Bob parece confuso. — Como você pode não saber?

— Nunca decidi — Admito. Não foi por falta de tentar. — Qualquer comida que eu experimente, eu gosto.

— Estou perguntando para fazer algo do seu gosto — Explica Bob. — Portanto, teremos que restringir isso.

Eu dou de ombros. A menos que ele seja um

psíquico, esta é uma tarefa complicada quando se trata de mim.

— Qual é o seu café da manhã favorito? — Ele pergunta. — Isso deve ser fácil, certo?

Eu suspiro. — Eu nunca poderia escolher.

Ele tira o chapéu e coça o topo da cabeça onde tem uma careca. — Você pelo menos tem preferência entre salgado e doce?

— Eu gosto de ambos. — Essa é a melhor resposta que posso fornecer sem precisar de uma planilha.

Ele tira um papel do bolso e olha para ele. — Que tal Ovos Benedict?

— Eu amo. — Minha boca saliva ainda mais.

Bob olha para o papel novamente. — Que tal waffles amanteigados?

— Isso soa maravilhoso. — Se ele continuar assim, vou começar a babar como um buldogue.

Bob sorri. — Aí está. O café da manhã para dois dias está resolvido. Os ovos serão servidos com salmão defumado caseiro e minha versão do molho holandês. Os waffles serão servidos com maçãs caramelizadas, cobertura de cidra de maçã, chantilly de baunilha e cobertura de streusel de canela.

Quando é o jantar de novo? É assim que deve ser para os cães motivados por comida que eu treino.

Johnny enrola o lado esquerdo do bigode. — Esses são os cafés da manhã que você está fazendo para o Sr. Roxford, certo?

Bob dá de ombros. — Ela está indecisa, então, por que não facilitar minha vida?

— Eu não me importo — digo. — O que mais ele vai comer?

Bob me entrega o cardápio inteiro, e tudo nele parece incrível, então, concordo com tudo e devolvo o papel.

Bob embolsa o cardápio. — Obrigado. Se ao menos Prudence e Johnny fossem tão fáceis.

Johnny solta o bigode indignado. — A maioria das coisas nessa lista me daria uma azia infernal.

— E estou cuidando da minha figura — diz Prudence. — Ao contrário do Sr. Roxford, eu não suo por uma hora em um ringue de boxe todos os dias.

Ele gosta de boxe? Obrigada, Prudence. Agora, em vez de fantasiar sobre todas aquelas refeições, estou salivando com a imagem de Bruce suado.

Eu limpo minha garganta repentinamente sedenta. — Então, qual é a situação alimentar? É servido em um horário específico?

— Você pode comer a qualquer hora se estiver disposta a usar o micro-ondas. — Ele franze o nariz. — Mas se você quiser suas refeições frescas, o que eu recomendo fortemente, você deve entrar no horário do Sr. Roxford.

Prudence olha em volta furtivamente. — Apenas certifique-se de não comer na frente dele.

Johnny empalidece e acena tão profusamente que seu bigode se agita como asas de borboleta.

— Por que não? — Pergunto.

Os três trocam olhares estranhos, mas nenhum deles explica.

Não que seja difícil descobrir isso. Somos os serviçais e devemos comer lá embaixo com nossa própria espécie, como eles fazem em *Downton Abbey*. O fato de ser a Flórida e não haver andar de baixo é irrelevante.

— Antes que o chefe volte, podemos falar sobre a comida de Colosso? — Bob diz suplicante.

— Você cozinha a comida dele? — Eu pergunto preocupada. Os cães têm necessidades nutricionais diferentes dos humanos, e duvido que ensinem isso na escola de culinária.

Bob assente. — Sim. Tive que consultar nutricionista veterinária e tudo.

Ufa. — Então... sobre o que você quer falar?

Ele pega um papel e me entrega. — Você acha que ele vai gostar disso?

Eu olho para ele. O papel é outro menu, e os pratos nele são tão sofisticados quanto os que ele está preparando para Bruce. A boa notícia é que os ingredientes listados parecem seguros para cães. — Acho que Colosso vai ficar entusiasmado com isso.

— Espero que você esteja certa — diz Bob. — Eu gostaria de poder ver a reação dele enquanto come.

Minha mão voa para o meu peito. — Você não o viu comer?

— Aquele cachorro não gosta de ninguém além do Sr. Roxford — Bob diz defensivamente. — Se eu estou por perto quando ele come, ele rosna para mim.

Isso é proteção de recursos, um problema comum

para cães e algo que terei que ensinar o pequenino a não fazer.

Prudence olha para Bob de forma tranquilizadora. — Quando levo as tigelas do cachorrinho para lavar, elas sempre estão limpinhas. Duvido que ele lambesse tanto os pratos se não gostasse da comida.

— Talvez — Bob diz, mas ele não parece muito certo.

— Dê-me um tempo — digo. — Depois de um pouco de treinamento, tenho certeza de que ele vai deixar você vê-lo comer.

Bob dá um passo para trás. — Só se o Sr. Roxford permitir.

Tirano ataca novamente.

— Já que estamos falando de comida para o cachorro — digo. — O que posso usar como guloseimas?

Bob puxa uma grande caixa cheia de guloseimas, incluindo alguns biscoitos de aveia.

— Apenas me envie um e-mail com a contagem das guloseimas — diz Bob e me entrega seu cartão. — Sr. Roxford quer que eu subtraia as calorias dos lanches das refeições.

Isso está levando o controle a um novo nível, mas, nesse caso, será benéfico para a saúde de Colosso.

— Deixe-me ligar do seu telefone — diz Prudence. — Não tenho cartão de visita.

Depois que dou meu telefone a ela, o bigode de Johnny fica orgulhoso. — Eu tenho um cartão. — Ele me entrega. — E se você precisar enviar um e-mail para o Sr. Roxford, envie suas missivas para mim.

Bob olha em volta furtivamente e depois sussurra de forma conspiratória: — O trabalho de Johnny é estrategicamente adicionar palavras como 'por favor' e 'obrigado' nos e-mails do Sr. Roxford.

Johnny puxa furiosamente o bigode. — Eu faço muito mais do que isso. Quem você acha que organiza...

— Cavalheiros. — Prudence me devolve meu telefone e acena com a cabeça na direção que Bruce foi.

Rostos em pânico, os dois homens se calam, e bem na hora.

Colosso corre de volta para a cozinha, abanando o rabo quando me vê, e Bruce o segue, sua expressão fria contrastando enormemente com a felicidade do cachorro.

— Espero que as apresentações estejam concluídas? — A pergunta é realmente um comando para calar a boca.

Nós assentimos – eu, relutantemente, os outros, obedientemente.

Bruce resmunga em aprovação e depois declara: — Todos, exceto Lilly, estão dispensados.

Bob, Johnny e Prudence se espalham como baratas.

Uau. Pena que Johnny não consegue deixar o discurso de Bruce mais educado, como faz com seus e-mails.

Assim que estamos sozinhos, a expressão de Bruce fica impossivelmente mais fria.

Ótimo. Recebo tratamento especial.

Uma ninhada de filhotes do tamanho de uma borboleta abana coletivamente o rabo na minha barriga enquanto pergunto: — Devemos falar sobre o currículo de Colosso?

Em vez de responder, Bruce cruza a distância entre nós. Então, sua mão mergulha no bolso, e eu meio que espero que ele puxe uma arma e atire em mim.

A esta distância, eu não teria chance.

Quando vejo o que ele realmente saca, é pior do que uma arma.

É o meu vibrador.

Caralho.

Com todas aquelas apresentações, consegui esquecer, mas agora uma nova onda de constrangimento deixa minhas bochechas da cor da bunda de um babuíno.

Bruce sacode o Esquilo acusadoramente.

— Colosso poderia ter se engasgado e morrido.

CAPÍTULO 8
BRUCE

L illy olha timidamente para o cachorro, e seu rosto corado me faz pensar em nádegas espancadas – por algum motivo desconhecido.

Caramba. A última coisa que quero é me transformar em um clichê bilionário obcecado por palmadas.

— Você está certo — diz ela. — Deixar a caixa com os brinquedos foi um descuido.

Ela tem uma caixa inteira dessas coisas? Nunca fiquei tão furioso e excitado ao mesmo tempo, nem mesmo quando vi uma mulher nua na multidão de manifestantes da Ocupação de Wall Street anos atrás.

Tomando uma respiração calmante, enfio o brinquedo na mãozinha de Lilly.

— Certifique-se de que isso *nunca* aconteça novamente.

Eu a proibiria de se masturbar completamente, mas

não preciso do livro de regras do RH para saber que isso não está sob meu controle... infelizmente.

— Sinto muito — Ela murmura, seu rosto ficando ainda mais vermelho.

Isso foi um pedido de desculpas? Dela? É melhor eu vender todos os meus futuros sucos de laranja porque vai nevar aqui na Flórida.

Lilly dá um passo decisivo para trás. Ela deve ter percebido que estávamos tão próximos um do outro que ela corria o risco de inalar meu ar poluído.

Com um gole alto, ela enfia o brinquedo no bolso.

Finalmente. Vê-la segurando era muito interessante para o meu pau – o que é ainda mais inapropriado, visto que a coisa colocou a vida de Colosso em risco.

— Eu tenho guloseimas agora. — Ela sacode uma caixa numa clara tentativa de descarregar a tensão no ar. — Se eu precisar tirar algo da boca dele – algo que não será minha culpa da próxima vez – isso vai ajudar.

Colosso olha para ela com aquela expressão que ele domina: uma mistura de fome e adoração. Não tenho dúvidas de que ele sente o cheiro dos biscoitos de aveia dentro da caixa e os quer. Seriamente.

Resistindo ao impulso de pegar a caixa de suas mãos, forço a calma em minha voz enquanto digo: — *Não* o alimente demais.

Ela esconde a caixa nas costas. — Bob já explicou seus pensamentos sobre isso – que são sólidos. Vou acompanhar as guloseimas e coordenar com ele para ajustar as calorias do pequeno.

Estou aborrecido porque "Bob" falou com ela sobre algo que estava na minha agenda.

Espera, estou com ciúmes?

Não. Isso é muito parecido com quando Bob parece taciturno sempre que digo a ele que cozinhei alguma coisa. Ninguém gosta que seu trabalho seja invadido.

— Então. — Sento-me na banqueta mais próxima. — Você começou a falar sobre seus planos para o treinamento. Quais são eles?

Ela sobe em um banquinho perto de mim. Uma vez sentada, suas pernas balançam bem acima do chão. — Imagino que treinar para usar o banheiro seja sua principal prioridade? — Ela gesticula para os tapetes que nos cercam.

— Correto. — Pobre Sra. Campbell poderia usar uma pausa de ter que mudar essas coisas a cada duas horas. — Como isso funciona?

Ela olha para seu pequeno aluno. — Os filhotes fazem depois das refeições, brincadeiras e cochilos. Eles também dão certas dicas antes de precisarem ir. Vou aprender as dicas de Colosso para poder levá-lo para fora assim que for necessário. Vou usar guloseimas depois que ele fizer seus negócios, o que deve ajudá-lo a aprender que sair é melhor.

Soa irritantemente razoável. — Isso vai impedi-lo de ter acidentes aqui dentro?

— Vai ajudar — diz ela. — Mas também queremos que ele sinta que toda esta mansão é sua toca, porque os cães têm um instinto de não ir ao banheiro em sua toca.

Huh. — Como fazemos isso?

Ela olha em volta. — Podemos restringir o acesso dele a toda a casa, exceto uma pequena parte, e depois abri-la lentamente. Talvez usar portões de bebê, ou uma caixa, ou...

— Não. — Rejeitei outro treinador porque ele insistiu nesse negócio de "treinamento em caixotes", que parece muito com prisão de cachorro para o meu gosto. — Colosso terá acesso a toda a casa desde o início. Fim da história.

Eu gosto de andar pela mansão, e o cachorro bobo choraminga se não consegue me alcançar.

Ela suspira. — Você vai micro gerenciar todo o processo de treinamento?

Eu dou de ombros. — Só se você tiver ideias estúpidas de treinamento.

Suas sobrancelhas características se encontram no meio de sua testa. — Acho que poderíamos criar vários espaços seguros para ele em toda a casa. Colocar uma cama de cachorro em cada cômodo, com alguns brinquedos. Ele pode ter a ideia da toca dessa maneira.

— Bom — digo. — Crie mais soluções como essa.

— Claro — Ela resmunga, parecendo que poderia pegar a faca de carne próxima e reencenar uma cena de *Pânico*... em minhas partes íntimas.

Falando em perigo. — Siga-me — digo a Lilly e me arrisco a virar as costas para ela, apesar da faca.

Ela e Colosso me seguem até a garagem.

— É aqui que guardo tudo relacionado a passear

com o cachorro — Explico enquanto Lilly examina minha coleção de carros com os olhos arregalados.

— Oh? — Ela verifica a unidade de armazenamento que dediquei para a tarefa. — O que é isso? — Ela aponta para o colete especial à prova de garras que fiz para Colosso – um com pontas estilo moicano.

— Isso é para a segurança dele. Águias, falcões e corujas foram vistos na propriedade.

— Ah. — Ela examina o colete, parecendo surpreendentemente aprovadora.

Acho que agora é um bom momento para mostrar a ela o outro dispositivo que criei hoje cedo. É para ela: um capacete de bicicleta infantil brilhante com um moicano que combina com o do colete do cachorro.

— Isso deve deter ainda mais os pássaros. — Entrego-lhe o capacete.

Ela fica boquiaberta com isso. — É para mim?

— Sim. Deve manter vocês dois mais seguros. — E se uma certa pessoa parece ridícula ao usá-lo, isso é apenas um bônus.

Ela continua olhando para o capacete sem pegá-lo.

Com um suspiro, eu ando até ela, gentilmente coloco o capacete em sua cabecinha, e prendo-o sob seu queixo delicado.

Caralho. Ela cheira a cerejas e incenso novamente, e eu finalmente identifico o perfume floral – rosas.

Ela olha para mim, seus lábios entreabertos. Lábios que são como sereias cantando suas canções diabólicas. Minha respiração acelera e o calor se move pelo meu corpo enquanto uma força magnética me atrai para ela.

Meus lábios estão a poucos centímetros dos dela quando percebo que ela está prendendo a respiração como se estivesse com medo de que eu pudesse sufocá-la, e seus olhos estão arregalados e cheios de algo suspeito como pânico.

Merda.

O que eu estou fazendo?

Eu me endireito abruptamente e incisivamente examino como ela fica com o capacete amaldiçoado, como se fosse isso que eu estivesse fazendo o tempo todo.

Infelizmente, apesar de parecer uma figurante de *Mad Max*, ela ainda é incrivelmente sexy.

Ela pisca para mim e toca os lábios, como se estivesse no piloto automático. Então ela pega o telefone e usa a câmera frontal para se olhar.

Um bufo irritado escapa daquela boca tentadora dela. — Algo mais? — Ela fica inexpressiva. — Talvez eu devesse ser banhada em alcatrão e emplumada antes de cada caminhada, para que os pássaros pensem que sou um deles?

— Na verdade, sim. — Pego uma buzina a ar e enfio nas mãos dela. — Use isso se você vir apenas uma sombra. Deve assustar os pássaros, e instruí a segurança a vir em seu socorro se eles ouvirem.

Eu irei também, com uma espingarda, mas ela não precisa saber disso.

Ela balança a cabeça exasperada, fazendo com que as pontas de seu capacete antipássaros tilintem. — O que mais?

— Não chegue perto dos lagos — digo. — Eles têm crocodilos.

Ela zomba. — Ao contrário de você, sou uma nativa da Flórida.

Pronto. Muito mais fácil não pensar em beijar aquela boca quando ela solta coisas assim. — Como você sabe que não sou nativo?

Ela estremece. — Se eu dissesse que li sobre você, isso aumentaria seu ego do tamanho de um mastim?

— Não. — No entanto, a ideia de que ela estava interessada em aprender sobre mim é atraente.

— Tudo o que sei é que você trabalhou em Wall Street durante a maior parte de sua carreira — diz ela. — Como isso é em Nova York, imaginei que você não fosse um homem da Flórida.

— Isso é muito melhor — digo. — 'Homem da Flórida' evoca a imagem de alguém recebendo uma multa em um cortador de grama… e depois tentando vender metanfetamina ao policial durante a prisão.

Ela estreita os olhos. — Assim como 'nova-iorquino' evoca a imagem de um workaholic, rude, miserável, barulhento e esnobe.

Eu zombo. — Rude? Isso é exatamente o que as pessoas de fora chamam da maneira eficiente de falar dos nova-iorquinos. Miserável? Nunca ouvi isso. Barulhento? É uma cidade barulhenta. Esnobe? Isso é exatamente o que as pessoas sem gosto dizem sobre as pessoas que o têm. Quanto a 'workaholic' - é exatamente o que uma pessoa preguiçosa rotularia alguém que é trabalhador, motivado e ambicioso.

Este último eu conheço por experiência própria. Só porque trabalho oitenta horas por semana não significa que alguém me compare a um adicto. Inferno, se as pessoas ao meu redor fossem mais competentes, eu ficaria feliz em não trabalhar tanto.

— Certo — Lilly diz sarcasticamente. — Esqueci de 'argumentativo'.

Ela tem coragem de *me* chamar de argumentativo?

— Parece que alguns floridenses são como os potes proverbiais. Nós, chaleiras americanas de Nova York temos um termo para isso: 'putz'.

— Esse termo não é geralmente aplicado a homens? — Ela solta.

Eu dou de ombros. — Sim, mas quando a carapuça serve, exceções podem ser feitas.

Ela acabou de jogar a mencionada carapuça?

— De qualquer forma — Ela diz, e eu posso ver que ela está fazendo um esforço para permanecer civilizada. —, se você acabou com os insultos, acho que Colosso e eu iremos para essa caminhada agora.

— Boa ideia. — Abro a porta da garagem. — E lembre-se, fique longe desses lagos.

Ela sai correndo, com a coleira a reboque e sem agradecer.

Eu não a estava provocando com a parte do jacaré. Temos alguns que são tão grandes que não comeriam apenas o cachorro - eles também a comeriam, como sobremesa.

Uma imagem indesejável de *mim* comendo-a se

esgueira em meu cérebro – e não quero dizer canibalismo.

Caralho.

Só por isso, estou duro de novo.

CAPÍTULO 9
LILLY

Quando a porta da garagem se fecha, fico boquiaberta com o cachorrinho aos meus pés. — Eu sonhei com isso ou Bruce e eu quase nos beijamos?

Colosso inclina a cabeça.

Beijo? Isso é como cheirar o traseiro? De qualquer forma, não sou um especialista. Agora – em uma nota completamente não relacionada – posso chamar vocês dois de mamãe e papai?

De jeito nenhum isso foi um quase beijo. Ele provavelmente queria morder minha cabeça – literalmente. Mesmo quando estou mais atraente, não sou isca para bilionários, e com o capacete hediondo que ele está me fazendo usar, nenhum homem são gostaria de chegar perto de mim.

Examino o lindo paisagismo, os caminhos, os jardins e os lagos à distância.

Tudo vazio.

Bom. Ninguém está por perto para testemunhar minha vergonha.

Alguém pigarreia por trás de um arbusto em forma de esfera.

Tanto para ninguém me ver no capacete idiota.

O cara que sai tem mais ou menos a idade do meu pai e tem a pele mais castigada pelo tempo que já vi fora dos filmes de piratas. — Olá — diz ele. — Eu sou o Sr. Hornigold, o arquiteto paisagista.

Esse é um termo chique para "jardineiro"?

— Eu sou Lilly — digo. — A instrutora de cães.

Colosso rosna para o recém-chegado. Droga. Vou ter que socializá-lo rapidamente, ou então isso só vai piorar.

— Eu sei quem você é — diz ele. — Sr. Roxford queria que eu dissesse a você que, se o filhote fizer o número dois, você não precisa pegá-lo. Alguém do meu pessoal fará isso.

— Entendi — digo com um sorriso forçado.

Sério? Quão rico você precisa ser para ter "pessoas" que limpam a sujeira do seu cachorro para você?

O rosnado se intensifica.

Não é bom.

— Ei — digo ao jardineiro. — Você se importa de me ajudar com o treinamento do cachorro por um minuto?

Parecendo relutante, ele assente com a cabeça.

— Aqui. — Jogo para ele um pedaço do biscoito. — Por favor, entregue ao cachorro com a palma da mão aberta.

Ajoelhando-se, ele faz o que eu digo, mas parece tão assustado que você pensaria que está lidando com um Pit Bull raivoso.

Colosso para de rosnar e se aproxima do biscoito.

— Sim — Sussurro. — Ser amigável compensa.

O cachorrinho come o biscoito e cheira a mão do cara por um segundo.

— Posso ir agora? — Pergunta o jardineiro.

— Sim. Obrigada.

Enquanto o homem se afasta, Colosso olha para mim com uma expressão confusa:

Achei que ele era o mal encarnado, mas não pode ser. Biscoitos de aveia são como crucifixos – eles afastam o mal.

Sorrindo para ele, puxo levemente a coleira e digo:

— Vamos.

Com uma pequena bufada, Colosso se move para o pedaço de grama mais próximo, cai de bruços e começa a rasgar uma folha seca.

— Isso é comportamento de gato — digo a ele com firmeza. — Cachorrinhos andam.

Ele me ignora.

— Vamos. — Eu puxo a coleira novamente.

Não. Ele claramente não foi treinado para andar na coleira.

Eu suspiro. É uma pena que eu tenha que agravar a situação tão cedo, mas não posso evitar. Pego outro pedaço do biscoito e mostro a ele.

Assim como com o jardineiro, a mudança no comportamento do cachorro é instantânea.

Levantando-se de um salto, ele me encara como um hipnotizado enlouquecido e abana o rabo.

— Bom contato visual — digo. — Normalmente, tenho que treinar filhotes para fazer isso.

Ele abana o rabo com mais força.

Isso significa que eu ganho o biscoito? Por favor, por favor? Por favorzinho?

Ainda segurando a guloseima, dou um passo à frente, depois outro, balançando o pedaço como isca.

O cachorro também dá alguns passos, sem desviar os olhos do objeto de seu desejo.

— Bom menino — digo e dou a ele um pedaço.

Entendendo o que é pedido, ele caminha um pouco mais, os olhos ainda não na estrada.

Cerca de um quarteirão depois, a natureza finalmente chama, e Colosso corre até uma palmeira e sobe comicamente sua perninha.

— Bom menino — digo. — Um menino tão bom. — Eu dou a ele um pedaço maior do biscoito para mostrar meu ponto de vista.

Ele faz sons de rosnado satisfeito enquanto devora sua recompensa, então, caminha até um pedaço de grama e faz um negócio mais sério.

— Sim. Bom trabalho — Exclamo com entusiasmo e dou a ele mais biscoito.

Mais uma vez, ele ataca a guloseima vorazmente, como se estivesse morrendo de fome há uma semana.

Hum. Ele pode ser o cão mais motivado por comida que já conheci, o que o tornará mais fácil de treinar.

Apesar do que o jardineiro disse, a vontade de limpar a sujeira do cachorro é forte, mas eu resisto.

— Agora, podemos ir para casa — digo a Colosso, então o atraio de volta para a garagem com mais alguns pedaços de biscoito.

Tirando nosso equipamento punk, eu o levo de volta para casa. Ele imediatamente se afasta e eu tenho que correr para alcançá-lo.

— Cara! — Grito. — Onde estava essa energia na caminhada?

Ele não para.

Eu o persigo até a biblioteca, onde ele corre até Bruce, que está sentado em uma poltrona confortável lendo um livro.

Caramba. Como é que o livro o deixa ainda mais sexy? Isso é particularmente estranho, já que sou mais uma jogadora do que uma leitora.

Ao avistar o cachorro, meu patrão gelado sorri novamente – e é tão magnífico quanto antes.

Eu limpo minha garganta.

O sorriso desaparece tão rápido que começo a duvidar que ele estivesse ali, e ele guarda o livro antes que eu possa vislumbrar o título.

— Só consigo ler alguns minutos preciosos por dia — Ele rosna. — É pedir demais para não ser incomodado?

— Colosso correu até aqui depois de nossa caminhada — digo defensivamente. — Você queria que eu apenas o deixasse vagar pela casa sem supervisão?

— Como foi a caminhada? — Ele exige, ignorando minha pergunta.

— Informativa — digo. — Entre outras coisas, terei que ensinar Colosso a andar como um cachorro de verdade.

Bruce esfrega a têmpora. — Eu pensei que ele simplesmente não gostava de andar comigo.

— Você andava com ele? — Pergunto.

Bruce sobe em toda a sua altura maciça e cruza os braços sobre o peito poderoso. — Por que isso é tão surpreendente?

— Porque você tem gente para tudo. Por que não para isso?

— Tenho caminhado com ele regularmente. — Com a maneira furiosa com que ele pronuncia as palavras, é uma maravilha que Colosso não reclame de novo. — Como eu disse, pensei que era algo sobre o jeito que eu estava segurando a coleira.

Eu franzo meus lábios. — Como você estava segurando a coleira?

Bruce revira os olhos. — Como vou te mostrar isso?

Hum. — Acho que você poderia se beneficiar de uma lição que dou a todos os meus clientes.

Todos acham a lição um tanto estranha, mas ele não precisa saber disso.

Ele estreita os olhos. — Uma lição sobre passear com cachorros?

— Exatamente. Um passeio é uma colaboração entre o cão e o ser humano. Se ambos souberem o que fazer, funciona melhor.

Ele verifica o relógio. — Você pode dar esta lição em vinte minutos?

Eu concordo. — Vamos precisar da coleira e de algum espaço – de preferência acarpetado.

— Siga-me — Ele ordena e volta para a garagem para pegar a coleira. Depois, ele me leva a uma das poucas portas fechadas da casa.

— Você não vai entrar — Ele diz severamente para Colosso antes de abrir a porta.

O cachorrinho inclina a cabeça e não mostra sinais de que entende.

— O comando é 'fica' — digo. — E ele ainda não sabe disso.

Com um suspiro, Bruce se agacha e com uma cara séria diz a Colosso: — O tapete desta sala é uma antiguidade do século XVII e custa milhões.

O quê? Acho que *eu* não quero pisar em tal coisa, muito menos permitir que um cachorrinho o faça.

— Eu tenho uma ideia. — Pego um pedaço de biscoito e esmago na minha mão. — Isso vai mantê-lo ocupado. — Eu jogo migalhas por todo o corredor, e Colosso enlouquece tentando pegá-las.

— Bom truque. — Bruce abre a porta e permite que eu entre primeiro.

Eu hesito. O tapete parece ser persa, com um padrão de círculos e folhas.

— Posso pisar nele? — Eu pergunto, pairando meu pé sobre a borda.

— Sem sapatos — Bruce ordena e tira seus próprios

mocassins para demonstrar – no caso de eu ser tão lenta.

Merda.

Estou usando aquela meia com um buraco?

Deslizo meus tênis para verificar.

Sim.

Apenas uma solução aqui – eu tiro as meias também.

Bruce olha confuso para os meus pés descalços. — Isso é para a aula?

— Claro — Eu minto e piso no tapete.

Uau. É tão quente e confortável sob meus pés que você pensaria que era feito de nuvens.

Talvez seja daí que surgiram as lendas dos tapetes voadores?

— E agora? — Bruce pergunta.

Eu respiro. — Agora vou fingir ser o cachorro – e você vai me levar para passear.

CAPÍTULO 10
BRUCE

A cabei de ouvir isso corretamente? Ela vai fingir ser um cachorro?

Talvez essa seja uma maneira realmente estranha, autodepreciativa e brincalhona de se chamar de vadia?

Não. Ela quis dizer isso literalmente. Por que outra razão ela estaria girando a frente da coleira em um laço e amarrando-a ao redor de sua barriga?

Caralho. A referida coleira envolve seus seios pequenos e alegres, empurrando-os para cima para o meu pau já hiperativo admirar.

— Aqui. — Ela me entrega a alça da coleira.

Atordoado, aceito o que é oferecido, ainda incapaz de acreditar em meus olhos.

Mal sabendo que isso é só o começo.

Ela se ajoelha na minha frente, como se estivesse prestes a realizar algumas das minhas fantasias recentes. Então, ela fica de quatro – o que é o começo de ainda mais fantasias.

Mas. Que. Porra?

Isso é uma tentativa de sedução? Sua bunda perfeitamente modelada está à mostra, o que parece corroborar isso... mas, e a coleira? Ela acha que eu sou aquele clichê bilionário excêntrico?

— Agora — diz ela por cima do ombro. — Mostre-me sua técnica de coleira.

Então talvez isso não seja BDSM. Caso contrário, o que ela está fazendo seria considerado de baixo para cima. Ainda assim, seja qual for essa tara, estou dentro. Meu pau está quase dolorosamente duro.

Ela dá um passo de quatro patas. Então outro. Sua bunda treme tão tentadoramente que eu quero rosnar ou rasgar aquele jeans em pedaços.

Depois que ela dá o próximo passo, a coleira fica esticada.

— Você deveria caminhar comigo — diz ela. — Isso ou aperte o botão para dar à coleira mais distância.

Eu fico boquiaberta com ela. — O que diabos está acontecendo?

— Eu sou o cachorro, você é o caminhante — diz ela em um tom sarcástico que acalma um pouco minha libido – um ou dois por cento, no máximo.

— Isso eu sei — Eu mordo. — Por que você estruturaria a lição dessa maneira?

A ideia de que ela fez isso com outros clientes – clientes do sexo masculino – me deixa furioso... O que é tão ilógico quanto o súbito desejo de mandá-la fazer isso comigo e com mais ninguém.

Ela se vira e olha para cima, como faria se estivéssemos fazendo isso no estilo cachorrinho. — Minha filosofia de treinamento é inspirada na Regra de Ouro: só faça com os cães o que eu estou bem experimentando por mim mesmo.

— Isso faz um sentido distorcido — Admito de má vontade.

Na verdade, tenho seguido algo como a filosofia dela todo esse tempo, e é por isso que, por exemplo, o cachorro come comida feita pelo meu chef.

— E você disse que não poderia descrever como usa a coleira — Ela continua. — Então agora você pode me mostrar.

— Tudo bem — Resmungo.

— Finalmente — diz ela, revirando os olhos. — Agora, vamos ver você me acompanhar, e então eu faço com você.

Ela quer que eu fique de quatro? Essa é outra tara completa, e uma que eu decididamente não gosto.

Um problema de cada vez. Reajusto minha ereção para poder me arrastar atrás dela lentamente. — Prepare-se.

Ela rasteja. Eu sigo, mantendo a coleira solta.

— Ótimo trabalho — diz ela. — Agora vamos fingir que você não quer que eu vá lá. — Ela aponta para a ponta do tapete. — Pode haver um esquilo ou algo que eu não deva comer.

Eu puxo a coleira como faria com Colosso nesse cenário.

— Não — diz ela com firmeza. — Isso é muito duro. Você pode sufocá-lo.

Eu cerro os dentes. — Talvez se ele usasse coleira, sim, mas ele usa arnês. No máximo, eu o levantaria.

— Você deve aprender a técnica que pode ser aplicada a todos os cães. E se alguém pedir para você passear com o cachorro maior?

Ela tem razão. Da mesma forma que fiquei preso com este cachorro, posso acabar com outro no futuro.

Aparentemente, não consigo dizer não para algumas pessoas.

— Vá para o esquilo de novo — Ordeno.

Ela o faz, e eu poderia jurar que ela balança a bunda enquanto rasteja, um movimento que envia ondas de choque através do meu pau latejante.

Com um esforço de vontade férreo, puxo a coleira delicadamente.

— Assim é melhor — diz ela. — Mas, na verdade, o que você está procurando é uma pequena puxada.

Eu faço o meu melhor para puxar.

— Quase lá — diz ela.

Revirando os olhos, finjo que uma pena pousou na minha mão, resultando no menor movimento.

— Sim — Ela diz animadamente. — Bem desse jeito.

Claro. Primeiro, ela fica de quatro, e então parece que está sendo fodida. Se alguém da minha equipe entrasse na sala neste momento, ficaria convencido de

78

que a estou assediando, embora a verdade esteja mais próxima do contrário.

— Mostre-me o que você faria se eu deitasse na grama. — Combinando ações com palavras, ela se deita – em uma imitação muito boa de como Colosso me deixa louco em caminhadas.

— Venha — digo rispidamente e faço um micro puxão. — Vamos.

Ela fica de quatro e começa a se mover, então mantenho a coleira solta.

— Errado — diz ela com firmeza.

— O que você está falando? — E ela não percebe que está em uma posição perfeita para levar umas palmadas?

— Quando ele faz o que você quer, você tem que dar um reforço positivo.

— Boa menina — Rosno por entre os dentes.

Ela para e me dá um olhar furioso por cima do ombro. — Você percebe que os cães não falam muito, se é que falam inglês, certo? Eles seguem o tom, e o seu está dizendo: 'Vou matar você'.

Encho meus pulmões de ar, expiro para relaxar e finjo que estou falando com uma criança enquanto digo: — Boa menina.

— Melhor — diz ela. — Embora, dado que ele levanta a perna quando faz xixi e tudo mais, aposto que Colosso se identifica como um menino... mas, novamente, é difícil ter certeza.

— Eu obviamente não estava dando uma de woke — Retruco. — Eu estava *te* dando o reforço.

— Nesse caso, não me chame de 'menina'. — Ela se levanta. — Sua vez.

CAPÍTULO 11
LILLY

Não — Bruce late – o que, ei, está no espírito dele interpretando um cachorro.

— Colocar-se no lugar do cachorro é a melhor maneira de aprender — Explico.

Seus lábios pressionam em uma linha branca. — Vou confiar na minha imaginação.

Esfrego minhas sobrancelhas porque sinto uma dor de cabeça chegando, apenas para lembrar que não devo chamar a atenção nelas. Pessoas como Frida Kahlo são famosas por suas sobrancelhas proeminentes, mas considero as minhas intimidadoras de homens.

Não que eu me importe com o que esse homem em particular pensa.

Não. O oposto. Na verdade, talvez eu devesse afofá-las na frente dele?

— O quê? Sem argumento? — Ele pergunta.

Eu bufo sem humor. — Pessoas como você têm imaginação?

— Pessoas como você têm algum tato? — Ele pisa fora do tapete e desliza os pés em seus sapatos.

— Tenho tato suficiente para não te chamar de idiota — Murmuro enquanto calço meus próprios sapatos.

— Você tem mais dez minutos — diz ele. —, vamos caminhar e conversar.

Eu suspiro. — A respeito?

Sem responder, Bruce abre a porta. Com certeza, Colosso está esperando no corredor, abanando o rabo a mil por hora.

Fecho a porta atrás de nós antes que o cachorrinho estrague o tapete de um milhão de dólares e sorrio para ele. — Qual de nós você sentiu falta?

Como se em resposta, o pequeno traidor bate de brincadeira no mocassim de Bruce com a pata e depois arqueia a bunda.

— Essa pose significa que ele quer brincar — Explico. — E sim, *foi* a inspiração para a pose de ioga.

Bruce enfia a mão no bolso do paletó e tira um macaco de pelúcia do tamanho de um rato. — Pega. — Ele joga o brinquedo.

Colosso persegue o brinquedo, mas não o traz de volta.

— Posso ensinar isso a ele — digo.

Bruce suspira. — Essa é outra coisa que eu pensei que os cães faziam naturalmente.

— Alguns descobrem por conta própria — digo. — Só vou acelerar o processo.

— Certo — diz ele. — E é sobre isso que eu quero falar com você. Que outras lições estão em sua agenda?

— Estou pensando em 'senta' — digo. — Com 'solta' depois disso.

— O que mais? — Ele pega o brinquedo que Colosso abandonou e me entrega.

Quando pego a coisa dele, nossos dedos se roçam – e parece que um raio se espalha por todo o meu corpo, deixando todos os meus músculos formigando e meus sentidos fora de sintonia.

Que diabos? Pegamos muita eletricidade estática naquele carpete insanamente caro?

Gaguejando, ando e falo, enumerando todas as coisas que posso ensinar aos cães em geral e os prós e contras de familiarizar Colosso com cada habilidade.

— Você é sempre tão indecisa? — Bruce interrompe quando estou na metade da explicação sobre os benefícios de ensinar a Colosso o comando 'abaixa'.

— Por que você pergunta? — Quero dizer, é verdade, mas ele percebeu isso com base em quase nenhuma evidência e isso é irritante.

— Porque um especialista normalmente apenas indica um curso de ação. Ao me dar todos os prós e contras, parece que você quer que *eu* decida – o que seria como se eu perguntasse em que meu banco deveria investir.

Quase acrescento: "Ou a casa de quem roubar", mas

me contenho a tempo. Em vez disso, eu digo: — Tudo bem. Eu vou decidir.

Vai exigir muita angústia e esforço, mas eu consigo.

Esperançosamente.

— Por que simplesmente não ensina a ele tudo o que você sabe? — Bruce pergunta quando entramos em uma sala que parece ser dedicada exclusivamente a videoconferências – com uma tela gigante na parede e uma câmera sofisticada apontada para uma cadeira confortável no meio.

Eu dou de ombros. — Se um cachorro grande encostar em uma pessoa, é um problema. Se um Chihuahua faz a mesma coisa, é considerado fofo.

Bruce abre o laptop próximo. — Ensine a ele o que é considerado um bom comportamento para todos os cães, não importa o tamanho.

Sinto uma onda de alívio. Ensinar tudo significa que não preciso escolher a dedo, evitando, assim, todas essas decisões.

Bruce desce na cadeira como se fosse um trono e então se abaixa para pegar Colosso, que parece saber o que fazer porque pula de bom grado nas mãos estendidas de Bruce.

Ver a criaturinha segura naquelas mãos grandes puxa algo em meu peito – o que é ridículo.

— Você pode fazer uma pausa de uma hora — Bruce me diz imperiosamente.

Ei, isso é mais educado do que "você está dispensada".

Estou me virando para sair quando uma

videochamada aparece na tela à minha frente agora – e Bruce deve aceitá-la porque uma pessoa aparece na tela.

É uma mulher linda com cabelos escuros de comercial de xampu, olhos azuis de comercial de rímel e uma testa lisa de comercial de Botox.

Hum. Talvez isso não seja uma ligação, afinal. Talvez este seja um filme e ela seja a mais nova estrela?

— Brucey, querido — Ela canta. — Quem é aquela? — Ela aponta para mim.

Então... esta é uma ligação, afinal. E agora eu entendo. Ela e Bruce devem ser uma unidade – o que faz sentido, já que fora de Hollywood e das passarelas, você costuma encontrar mulheres assim como troféus de bilionários.

— Esta é Lilly — diz Bruce. Virando-se para mim, ele acrescenta: — Esta é Angela. Ela investiu na vida de Colosso, então, ela pode ter perguntas para você em algum momento.

Um ciúme ilógico queima meu peito. Deve ser porque estou começando a me sentir possessiva em relação a Colosso, e me incomoda que ela tenha mais direito de reivindicar ser a mãe do garotinho do que eu.

Merda. Ambos estão olhando para mim com expectativa.

— Prazer em conhecê-la, Angela — digo com os dentes cerrados.

— Igualmente — diz ela. — Estou feliz que Amendoim finalmente tenha uma babá.

As orelhas de Colosso se animam. Ele provavelmente pensa que ouviu "manteiga de amendoim".

Quem diabos é Amendoim? Já que ela acabou de mencionar uma babá, eu teria que adivinhar que é uma criança. O filho deles? Não gosto do som disso... simplesmente porque as crianças tornam o treinamento de cães mais difícil, é claro.

Mas, espere. Se eles têm um filho, onde ele ou ela está? Além disso, eu realmente espero que Amendoim seja apenas um apelido, como Brucey.

— Quantas vezes eu tenho que te dizer? — Bruce rosna para Angela. — Ele agora se chama Colosso.

Espere.

Amendoim é Colosso... mas isso significaria...

— Eu não sou uma babá de cachorro — digo indignada. — Isso não é nem uma coisa. Sou um especialista em treinamento canino.

Angela me examina com olhos semicerrados. — Qual é a diferença?

Eu estreito meus olhos de volta. — Você me contrata se quiser treinar um cachorro para ser babá de seu filho. E acho que se uma babá de cachorro existisse, você a contrataria se estivesse muito ocupado para ser um bom pai para seu cachorro.

O olhar de Angela fica gelado – algo que ela deve ter aprendido com Bruce.

— Às vezes você ganha um cachorro, mas a vida acontece.

Abro a boca para uma refutação violenta, mas Bruce afirma: — Lilly estava saindo.

Ah. Certo. Dispensada. Levantando meu queixo, eu saio da sala.

Se esses dois se reproduzirem, será a semente de Satanás.

CAPÍTULO 12
BRUCE

Assim que Lilly sai da sala, Angela afirma: — Essa é diferente do resto da sua equipe.

— Oh? — Eu arranho a cabeça em forma de maçã de Colosso e ele fecha os olhos com uma expressão de êxtase.

— Ela é atraente — diz Angela. — Suspeitosamente. E mal-humorada, o que eu não acho que você poderia tolerar.

Eu zombo. — Você está apenas se sentindo na defensiva e atacando.

Angela originalmente comprou o cachorro para ela. Então, depois de apenas duas semanas, ela me implorou para levá-lo – e eu não pude dizer não. Foi isso que ela quis dizer quando disse a Lilly que "a vida acontece".

Angela suspira teatralmente. — Você é brutalmente honesto, como sempre. Eu me pergunto como Lilly se sente sobre isso.

Não essa merda de novo. — Abraham Lincoln é reverenciado por sua honestidade. Por que estou sempre sendo repreendido pela minha?

Ela bufa. — Aposto que se a esposa dele perguntasse a ele se um vestido a fazia parecer gorda, até o Honesto Abe diria que não, independentemente da verdade. Isso é chamado de mentira branca e é o que faz nossa sociedade funcionar.

Eu suspiro. — Você mente o suficiente por nós dois.

— Isso não é justo. Sempre sou honesta com você.

Eu não posso deixar de sorrir. — Eis a maior mentira do dia.

Ela revira os olhos. — Bem, aqui está uma verdade: Lilly parece ser um problema.

— Nisso, nós concordamos — digo. — Mas, como você sabe, não tenho muito tempo, então, que tal conversarmos sobre o cachorro idiota?

— Não dê ouvidos a ele — Ela sussurra para Colosso. — Você é um gênio.

— Sim. Um gênio que comeu meio rolo de papel higiênico outro dia.

— Papai e eu te amamos — Angela continua na mesma conversa de bebê. — Se ele não fala isso para você, é porque ele é um grande rabugento que nem fala para mim.

— De acordo com seus documentos, o 'papai' dele era um vencedor de competições chamado Toby — Retruco.

— Não — diz Angela. —, aquele foi apenas o doador de esperma.

Como é que mesmo depois de anos discutindo com ela, ainda não aprendi que é uma perda de tempo? Eu mudo de assunto. — De qualquer forma, o cachorro está bem. Lilly tem grandes planos para o treinamento dele.

A jogada funciona e a conversa gira em torno de todas as coisas de Colosso. Quando ela está atualizada, pergunto se está gostando dos Hamptons – sua parada atual em seu itinerário sempre ocupado.

— É surpreendentemente como a sua Palm Beach. — Ela franze o nariz. — Todo mundo faz suas cercas mais altas que as de seus vizinhos.

— Isso me lembra — digo. — Eu deveria ter cercas vivas de doze metros em volta de *minha* propriedade.

Ela revira os olhos. — Está isolado como está. Você não precisa de privacidade.

Eu dou de ombros. — Se houver um concurso de altura de sebes, pretendo vencer.

— Primeiro, a coleção de carros, agora isso — diz Angela. — Alguém pode pensar que você está tentando compensar alguma coisa.

— É sério isso?

— Desculpe — Angela diz timidamente. — Isso foi golpe baixo.

— Vou desligar agora.

— Espere — diz ela. — Você já falou com seus pais hoje?

— Não — digo. — Eu não falei com *nossos* pais.

— Então isso vai ser uma surpresa — Ela diz triunfante. — Vou fazer uma visita.

Eu franzo a testa. — Com Humphrey?

— Claro.

Caralho. Eu sei que é típico um irmão desaprovar qualquer pessoa com quem sua irmã sai, mas, neste caso, estou justificado porque Humphrey é o epítome de um idiota. — Mas, e a alergia a cachorro? — Questiono.

Angela conheceu Humphrey alguns dias depois que ela pegou Colosso, e não demorou muito para que eles decidissem viajar juntos – sem um cachorro.

— Vamos ficar em um hotel — diz ela. — E quando nós visitarmos, sua Lilly pode manter o cachorro fora do caminho de Humphrey. Além disso, ele tomará alguns anti-histamínicos.

Solto um suspiro exasperado. Eu pensei que um bônus de ter esse cachorro era que eu não teria que estar no mesmo espaço que Humphrey nunca mais.

— Você não gosta quando *eu* cago nas pessoas com quem você sai — diz Angela.

— O que você faz — digo. —, todas as vezes.

Ela dá de ombros. — Não é minha culpa que você seja um ímã para o lixo caça-níquel.

Olho incisivamente para o meu relógio. — Estamos sem tempo.

Não é nem uma desculpa. É hora do jantar para mim e Colosso, e ainda não deleguei essa tarefa para Lilly.

Angela faz beicinho. — Você simplesmente não quer ter uma conversa sobre sua vida amorosa. Ou a falta dela.

Tocando no mostrador do relógio, aceno para ela.

— Há quanto tempo? — Ela pergunta teimosamente. — Um ano. Dois?

Eu respondo desligando. A última coisa de que preciso é que me digam que preciso de uma boa mulher em minha vida, seja lá o que isso signifique.

Colosso olha para baixo e choraminga.

Eu o coloco no chão. — Você está com fome?

Ambos sabemos que a pergunta é retórica. O cachorrinho sai correndo da sala como se estivesse sendo atacado por abelhas, depois, dispara na direção da cozinha.

Mesmo andando rápido, mal consigo acompanhá-lo.

Quando chego à cozinha, diminuo a velocidade.

Sempre existe o risco de eu pegar alguém mastigando lá dentro, como na vez em que entrei e encontrei o chef provando seu molho Alfredo, ou na vez em que...

E aí está.

De costas para mim, Lilly está sentada em uma banqueta com um garfo na mão, um pedaço de nhoque espetado nele. Ela está com fones de ouvido, então não nota a mim ou ao cachorro.

Antes que eu possa desviar o olhar, ela enfia o garfo na boca e começa a mastigar.

Eu estremeço, esperando a onda usual de adrenalina e desgosto.

Nada disso vem.

Que porra? Até agora, a única criatura cuja

alimentação eu podia tolerar era o cachorro – e imaginei que fosse porque: a) ele engole sem mastigar e, b) ele termina sua comida em um nanossegundo.

Com um fascínio mórbido, espero até que ela espete outro nhoque.

Isso foi um gemido?

Sim.

Ela está *realmente* gostando de sua refeição.

E mais uma vez, não sinto nada.

Bem, para ser sincero, minha frequência cardíaca aumenta, mas não pelos motivos habituais. É o gemido dela. Nunca imaginei que comer com entusiasmo pudesse soar tão sedutor.

Hum. É por isso que estou aparentemente imune a ela mastigar? É este o famoso "efeito ponte suspensa" da psicologia, onde os homens acham as mulheres mais atraentes depois de receberem uma onda de adrenalina ao caminhar sobre uma ponte? Sim. Deve ser isso. Alguns fios se cruzaram e meu corpo pensa que estou excitado, em vez de sentir a resposta usual de lutar ou fugir.

Lilly sorve avidamente sua bebida com um canudo.

Normalmente, eu estaria escalando as paredes agora, mas estou bem... ou mais precisamente, *mais* excitado.

Sinto patas batendo na minha canela.

Ah.

Certo.

O cachorro está me lembrando por que estou aqui.

Vou até a geladeira e pego o prato de molho de soja

que usamos como prato para cachorros. O chef se superou, como sempre, montando todos os petiscos de maneira bonita.

Com o canto do olho, vejo Lilly tirar os fones de ouvido.

— Ei — diz ela. — Ele está prestes a comer?

Eu coloco a tigela para baixo em resposta.

Canalizando o Flash, Colosso avança e devora toda a refeição em um piscar de olhos. Embora já tenha visto isso antes, balanço a cabeça. Por que faço o chef perder tempo para deixar a comida do cachorro tão apresentável?

Os olhos de Lilly se arregalam tanto que parecem proporcionais a suas sobrancelhas... pelo menos por enquanto. — Já vi cachorros comendo rápido, mas esse pode ser um recorde mundial do Guinness.

A coisa mais estúpida acontece a seguir. Meus pulmões se expandem de orgulho, como se comer rápido fosse uma conquista equivalente a resolver uma equação quadrática, calcular uma derivada ou programar um videocassete. — É *muito* rápido — Resmungo. — Às vezes ele é tão rápido que fica doente.

Ela assente com a cabeça conscientemente. — Existem produtos no mercado que podem retardá-lo.

— Oh?

Ela pega o telefone, faz uma pesquisa e me mostra algo que parece um favo de mel azul. — Chama-se tapete para lamber — diz ela. — Se você amassar a comida dele ou passar no liquidificador, pode espalhar nessa coisa e ele terá que tomar seu tempo lambendo tudo.

— Eu pensei que você seguia a regra de ouro — digo. — Lamber a comida parece frustrante.

Então, novamente, da próxima vez que alguém insistir em almoçar comigo, pode ser assim que eu os faça comer, pois eliminaria todos os sons de mastigação.

Ela se irrita. — Obviamente, você nem sempre pode seguir como um humano pode se sentir sobre algo. Não cheiramos bundas, por exemplo, mas os cachorros adoram.

— Você está dizendo que eu preciso fornecer bundas para o meu cachorro cheirar?

— Não — diz ela. — Quero dizer, sim, para socialização, você deve fazer com que ele conheça outros cães, mas eu estava tentando dizer que os cães acham que lamber é muito reconfortante.

Fazendo uma anotação mental para voltar a esse negócio de socialização, pego meu próprio telefone e compro alguns tipos diferentes de lambedores para testar.

— Ótimo — Ela diz quando eu conto a ela o que eu fiz. — Vou trabalhar com Bob para desacelerar o filhote quando eles chegarem.

Eu estremeço. — Você pode pelo menos chamá-lo de Chef?

Ela revira os olhos, mas diz: — Tudo bem.

Um compromisso? Mercúrio deve estar retrógrado.

— De qualquer forma — Vou até o forno onde

minha comida está sendo mantida quente. —, vou deixar você aproveitar sua refeição.

— Ah. Certo. — Ela pega seu prato com um movimento brusco. — Fui avisada para não comer em sua augusta presença.

— Quem te avisou? — Eu exijo. Minha equipe não deveria estar falando sobre isso.

Ela dá um passo para trás. — Ninguém.

Aponto para o teto. — Há uma câmera de vigilância lá em cima, então eu *poderia* descobrir por mim mesmo. — É um blefe, pelo menos no que diz respeito à minha visão pessoal da filmagem – pode incluir pessoas mastigando. Mas eu *poderia* pedir a alguém da segurança para vasculhar, se eu quisesse.

— Então verifique a porra da sua câmera — Ela grita. — Apenas me deixe fora disso.

Colosso choraminga.

Caralho.

Respiro fundo e me preparo para desacelerar. — Tudo bem que eles te contaram. Você teria descoberto mais cedo ou mais tarde, e a confidencialidade faz parte do contrato que você assinou.

— É mesmo?

— Sim. — E uma coisa boa também, já que o que estou prestes a dizer a ela raramente, ou nunca, compartilho com as pessoas.

Ela me encara, intrigada. — Então... o que é que eu não devo revelar?

Eu tomo outro fôlego. — Eu tenho misofonia.

CAPÍTULO 13
LILLY

Eu me sinto como um burro que nenhum cachorro jamais iria querer cheirar. Idiota ou não, esse cara tem uma condição real, e aqui estou eu, zombando dele por causa disso.

Não entendendo meu silêncio, ele diz: — Misofonia é quando alguém tem respostas negativas a certos sons de gatilho. Pense nas unhas no quadro-negro. No meu caso, é mastigar e engolir. — Ele estremece quando diz a última parte.

— Eu sei disso — digo. — Fiz um teste de DNA e um dos relatórios explicou o que é e me disse que é improvável que eu o tenha.

Ele concorda. — TENM2 é o gene envolvido. Não fiz esse teste, pois não tenho certeza de qual seria o objetivo de tal relatório. Se você tem o que eu tenho, você sabe disso.

Sim. Sentindo-me pior a cada segundo. Como ele

sai com aquela mulher gostosa do vídeo se não tolera o barulho das pessoas comendo? Como ele participa dos jantares de fim de ano com a família? Ou vai a almoços de negócios?

— Sinto muito — Murmuro.

Ele dá de ombros. — Não é sua culpa.

— Quero dizer, sinto muito por te dificultar sobre isso. Além disso, sinto muito por ter começado a comer aqui na cozinha quando sabia que era sua hora de jantar. Eu não estava pensando.

Ou talvez uma parte de mim quisesse irritá-lo. Ou vê-lo – mas não vou me psicanalisar agora.

Ele lança um olhar para o meu prato. — Para ser sincero, por algum motivo estranho, ver você comer não desencadeou nada.

Huh. — Isso já aconteceu antes?

Ele balança a cabeça. — A comida do cachorro não me incomoda, mas é só isso.

Devo me sentir especial ou ele apenas me comparou a um cachorro? — Bem —digo. —, se você quiser comer juntos, eu ficaria bem com isso.

Espere. O que estou dizendo? O que vou fazer se ele aceitar nisso? Mas é claro que ele não o faria. Passar um tempo comigo é a última coisa que ele...

— OK — diz ele sem perder o ritmo.

— OK?

Ele coloca seu prato perto do meu no balcão. — Vamos tentar isso. Se eu ficar irritado ou...

— Você está sempre irritado.

Ele solta um suspiro. — Olha quem está falando.

— Desculpe — digo. — Prossiga.

— Se eu *sentir* sintomas, me levanto e vou embora.

— Tudo bem. — Quem diria que em vez de gritar com meu inimigo, eu acabaria jantando com ele?

Sento-me, coloco comida na boca e mastigo conscientemente. Ele parece estar bem, mas eu pergunto: — Como você se sente?

— Ótimo — diz ele.

Atrevo-me a perguntar se é graças à minha companhia?

— Sempre tive inveja das pessoas que podem comer durante as reuniões de trabalho — Continua ele. — As refeições são meus momentos menos produtivos do dia – enquanto estou acordado, de qualquer maneira.

Então, aí está. Não é da minha companhia que ele está gostando – o workaholic nele adora a oportunidade de realizar várias tarefas ao mesmo tempo. Uma pergunta melhor é: por que isso me incomoda tanto? Não sei, mas minhas palavras soam duras quando pergunto: — Existe algo relacionado ao treinamento que você gostaria de discutir?

— Socialização — diz ele. — Você mencionou isso antes. Quero mais detalhes.

Satisfeito com sua exigência, ele enche a boca com nhoque – e caramba, algo sobre a maneira como ele mastiga me deixa com mais fome.

— Deixe-me explicar por que é importante primeiro — digo. — Cães adequadamente socializados têm menos ansiedade e, portanto, levam uma vida mais feliz. Eles também são mais agradáveis porque não reagem negativamente quando se deparam com certas situações.

Ele engole sua comida. — Você vai socializá-lo então. O que isso implica?

Sorrio para Colosso, que está sentado olhando para nós, claramente implorando por comida. — Não tenho certeza se isso conta como socialização, mas ele precisa se sentir confortável com tantos novos cheiros, sons, visões e texturas quanto possível. — Não queremos que ele seja como Roach, que se recusou a pisar na areia por causa da minha supervisão nessa área.

Bruce assente com a cabeça, incitando-me a continuar.

— Ele também precisa ser apresentado a muitas pessoas, primeiro, uma de cada vez, depois em grupos. Como ele adora comida, essas pessoas podem lhe dar guloseimas, então ele forma associações positivas.

— Tudo bem — diz Bruce, mas parece menos satisfeito com isso – provavelmente porque é um misantropo e o que acabei de descrever envolve ter pessoas por perto.

— Essas pessoas precisam ser tão variadas quanto possível — digo. — Pense em diferentes níveis de condições físicas, idades, etnias, deficiências e até mesmo em diferentes tipos de roupas. Se você não expuser Colosso à diversidade, pode acabar com um cachorro que late para pessoas em cadeiras de rodas, ou para crianças, ou para qualquer pessoa que use óculos escuros enquanto segura um guarda-chuva.

— Faz sentido — diz ele. — Essas pessoas precisam vir até a casa?

Eu balanço minha cabeça. — O mais natural seria encontrá-las lá fora, que é um território neutro. Mas sendo uma propriedade privada, não tenho certeza se...

— Vou fazer alguns arranjos — Ele interrompe. — O que mais?

— A mesma ideia quando se trata de animais — digo. — Você não quer que ele fique estressado se encontrar outro cachorro, gato ou esquilo.

Ele coça o queixo. — Verei o que posso fazer.

— Essa é a essência. — Eu termino o resto da minha comida e procuro sua reação à minha mastigação.

Nada.

Largo o garfo. — Algo mais?

Ele olha para Colosso, que está implorando por tudo que ele vale. — Eu quero que ele passe a noite sem nenhum acidente.

Luto contra a vontade de jogar uma guloseima para o mendigo. — Até que sua bexiga esteja madura, ele precisa passear à noite.

— Você vai fazer isso então — Declara Bruce.

— Eu estava planejando isso — digo. — Onde ele dorme atualmente?

Bruce come outro pedaço e diz: — No meu quarto.

No. Quarto. Dele? Mas isso significaria...

Não importa, na verdade. Por que é o maior mistério. Além disso, como é que...

— O maldito cachorro reclama se eu não o deixar entrar — diz Bruce na defensiva, respondendo a uma das minhas milhões de perguntas.

Para me dar uma chance de processar isso, levo meu prato para a pia, enxáguo e coloco na máquina de lavar louça.

— Não faça isso da próxima vez — diz Bruce. — Sra. Campbell vai limpar.

Reviro os olhos. — Eu fui criada para limpar depois de usar.

Ele zomba. — Por que usar a máquina de lavar louça então?

— Como diabos vou passear com ele à noite se ele está no seu quarto? — Eu deixo escapar.

As sobrancelhas de Bruce se juntam. — Que tal você definir um alarme, caminhar e levar o cachorro para fora?

— Do seu *quarto* — digo, enunciando demais a última palavra.

Deixe para um homem demorar *esse* tanto para perceber o problema com esse cenário, mas a julgar pelo "oh" que seus lábios formam, acho que ele finalmente entendeu.

— Não haverá nada inapropriado — diz ele.

Ele não precisa soar *tão* certo, como se eu fosse a mulher mais intragável que ele já conheceu.

— Você dorme nu? — Pergunto – e imediatamente coro.

Ele suspira. — Eu não *preciso*.

Ah, as imagens. As imagens lascivas e de dar água na

boca. — Sim. Nada de nudez. — Mesmo que eu já esteja arrependida da demanda.

— Algo mais? — Ele pergunta. — De que lado devo dormir?

Não me dignificando com uma resposta, olho para os dois copos grandes no balcão que estão cheios de um líquido espesso – metade branco e o outro vermelho.

— Essa é a panna cotta — diz Bruce quando percebe para onde estou olhando. — Se você gostar, pode ficar com a minha.

Ele está sendo legal?

Pego uma colher, certifico-me de capturar as duas cores e, em seguida, enfio a delícia pegajosa na boca.

Uau. Tão bom.

O cachorro me lança um olhar suplicante.

Dê isso para mim. Parece um biscoito líquido. Farei qualquer coisa, até mesmo deixar você escovar meus dentes depois.

Eu balanço minha cabeça. Há uvas na parte vermelha deste prato e são tóxicas para os cães.

Olhando para Bruce em vez do cachorrinho, tomo outra colherada e, desta vez, inadvertidamente chupo o sabor da colher com muito ardor, o que resulta em um som de sorver, embora muito fraco.

Bruce se encolhe como se tivesse levado um soco e pula de pé, com os punhos cerrados.

Colosso enfia o rabo entre as pernas e choraminga lamentavelmente.

— Sinto *muito* — Murmuro e empurro o resto da

sobremesa o mais longe que posso. — Isso foi um acidente. — Um que eu deveria me esforçar para evitar enquanto estiver em sua companhia, pelos mesmos motivos de arrotar, enfiar o dedo no nariz e peidar.

Bruce fecha os olhos, respira fundo e solta o ar meditativamente. — Você não estava me testando?

— Não. — Eu aponto para minhas bochechas em chamas. — Ajuda o fato de eu estar envergonhada?

Ele se senta e toma outra respiração calmante. — Cada vez menos pessoas consideram rude sorver à mesa. A próxima coisa que você sabe é que nos transformaremos no Japão.

Deixo minha sobrancelha fazer a pergunta óbvia.

— Os japoneses consideram aceitável – e talvez desejável – comer coisas como ramen, soba e udon. — Ele estremece. — Eles também tomam sopa direto da tigela.

— Acho que você não vai lá tão cedo?

— Nunca mais — diz ele. — Para garantir, evito viajar para a Ásia em geral – e durante as teleconferências, tenho como regra não permitir qualquer tipo de comida.

— Eu entendo se você nunca mais quiser comer comigo — digo. — Embora, se você quiser, eu poderia simplesmente abrir mão de sobremesas líquidas e sopas enquanto estiver a seu serviço.

Por que ainda estou falando? O que me faz presumir que ele gostaria de comer comigo – a ajudante – de novo? Nem eu quero isso, não realmente, não se...

— Também sem milk-shakes — diz ele. — E se você tomar uma bebida, use um canudo – mas pare cerca de três quartos do caminho e, em seguida, encha novamente ou despeje.

— E as ostras cruas? — Pergunto.

Ele franze o nariz. — Depois de me dar uma palestra sobre norovírus, hepatite A e salmonela, o chef começou a cozinhar ostras.

— Que horror — digo. — Pessoas ricas sem ostras cruas? A próxima coisa que você sabe é que ele vai proibir o caviar.

— Caviar não é cru. É salgado e, portanto, está no cardápio de vez em quando — diz Bruce com uma cara séria. — Mas o chef é contra o sashimi – mesmo que alguém pegue e mate o peixe bem na frente dele.

Eu rio. — Você ainda confia em sashimi – sendo do Japão e tudo mais?

Antes que ele possa responder, há um alto suspiro feminino atrás de mim.

Ah, merda. Essa é a namorada da videochamada?

Não.

É Prudence. Ela está olhando para a panna cotta que comecei, como se fosse um artefato explosivo, e agora sei por quê.

— Acho melhor eu andar com Colosso — digo timidamente. A última coisa que quero é explicar os motivos pelos quais quebrei o maior tabu doméstico no meu primeiro dia.

O comportamento gelado de Bruce retorna – o que

me faz perceber o que estava faltando no final da nossa conversa.

— Venha — digo ao cachorrinho.

Ele não se mexe.

Ah. Certo. Há comida por perto.

— Aqui. — Pego um pedaço de biscoito.

Oh, garoto. Eu tenho a atenção estranhamente focada do peludo agora.

Me dê. Me dê. Você não pode pegar isso e não compartilhar. Vou morrer de fome aqui e agora, juro.

— Você pode ficar com isso assim que colocar seu arnês — Eu cantarolo.

Não tenho certeza se ele entendeu, mas ele me segue até a garagem e espera pacientemente enquanto eu coloco seus apetrechos.

— Bom menino. — Dou-lhe a guloseima e ele quase morde meus dedos enquanto a devora avidamente. — Você vai ter que aprender a fazer isso com mais educação — digo e coloco meu arnês pateta.

———

Quando voltamos para a mansão, Colosso sai correndo assim que fica livre – e eu o persigo até a biblioteca, como da última vez.

Bruce está lá, lendo de novo, só que desta vez consigo identificar o nome de seu livro, o que me leva a exclamar com entusiasmo: — Você está lendo *The Witcher*?

Bruce fecha o livro com irritação – e eu me lembro

dele dizendo que só se permite ler "alguns minutos preciosos por dia".

— Sim — diz ele, a voz menos espinhosa do que eu esperava. — *The Witcher* é minha série de livros favorita.

— Uau — É tudo o que posso dizer.

Bruce pega o cachorrinho aos pés e o coloca no colo. — Você é fã de Andrzej Sapkowski?

Eu franzo a testa. — Quem?

Revirando os olhos, Bruce aponta para a capa do livro.

Eu me sinto estúpida, pois é claro, eu deveria ter imaginado que ele estava falando sobre o autor do livro. — Se ele teve algo a ver com meu videogame favorito de todos os tempos, então sim, sou fã.

— Que jogo? — Bruce coça Colosso atrás da orelha, fazendo com que a pequena bola de pelo feche os olhos em êxtase.

Eu fico boquiaberta com ele. — Está brincando, né?

Bruce balança a cabeça.

— Você é fã dos livros sobre *The Witcher*, mas nunca jogou os jogos?

Ele suspira. — Especifique para mim. Estamos falando de jogos de cartas, jogos de tabuleiro ou...

— Videogames — digo. — Ouviu sobre isso?

Ele se encolhe. — Sim. Eles são o que sua geração substituiu os livros.

— Você não tem setenta. Somos da mesma geração — digo. — O primeiro videogame foi criado em 1958.

Isso está no passado, mesmo para uma relíquia como você.

— Tudo bem — diz ele. — Você gosta dos videogames *The Witcher*.

— Especificamente, *The Witcher 3*. Ou, mais especificamente, o melhor jogo da década de 2010. Sim, eu já estava viva naquela época.

Ele dá de ombros. — Nunca ouvi falar.

CAPÍTULO 14
BRUCE

Você morava debaixo de uma pedra? — Ela pergunta, e suas sobrancelhas ficam tão animadas que quase espero que elas participem da conversa.

Eu a encaro – o que é mais fácil agora porque quando estou sentado e ela está de pé, nossos olhos estão quase no mesmo nível. — Isso vindo de uma pessoa que não sabia o nome do autor de seu 'jogo favorito'.

Com um bufo, ela pega o telefone e faz uma busca. — Não — diz ela. — Os livros vieram primeiro, mas o autor simplesmente vendeu os direitos para o desenvolvedor do jogo. Ele não escreveu mais nada para eles depois.

— Aí está — digo. — Não há como esses jogos serem tão bons quanto os livros.

Seus olhos ficam semicerrados. — *The Witcher 3* é uma obra-prima.

— Se você diz.

Ela gira sobre os calcanhares. — Eu vou provar isso para você.

Antes que eu possa responder, ela sai pisando duro para algum lugar.

Eu encaro Colosso. — Como ela vai provar isso para mim?

O cachorro apenas abana o rabo. Ele gosta de ficar no meu colo à noite e não liga para muito mais.

Alcançando meu livro, eu retomo a leitura até que ouço o tamborilar de pés minúsculos, seguido por um pigarro raivoso.

— Sim? — Guardo o livro pelo que parece ser a centésima vez.

Ela enfia algo em minhas mãos – um aparelho que parece um grande smartphone com um controle de videogame preso em cada lado. — Jogue *isso*, e eu te desafio a me dizer que não é a melhor coisa do mundo.

Eu verifico a tela, onde vejo uma imagem gerada por computador de Geralt, também conhecido como o Witcher, ao lado de um cavalo.

— Eles deram o cabelo certo — digo. — E há duas espadas. Imagino que o nome do cavalo seja Roach.

— Também existem feiticeiras sensuais — diz ela de forma tão sedutora que reverbera em meu pau.

— Triss e Yennefer? — Não posso deixar de perguntar.

Parecendo o proverbial gato que comeu o canário, ela pergunta: — Isso significa que você vai jogar?

Eu entrego a ela meu livro. — Só se você ler isso.

Ela pega o livro entre o polegar e o indicador como se fosse morder. — Faz tempo que não leio um livro.

Eu estalo a língua em desaprovação. — Mais uma razão para ler algo *agora*, antes que seu cérebro se atrofie permanentemente – como o resto de seus companheiros de atenção limitada.

— Diz o idoso — Ela diz sarcasticamente, então folheia as páginas, parecendo incerta.

— Olha — digo. — A última vez que joguei videogame foi no colégio.

Ela fica muito mais animada com isso. — Qual foi o jogo?

— *Super Mário Sunshine*.

— GameCube? — Ela pergunta animadamente.

— Eu penso que sim. Eu ainda tenho a coisa em algum lugar guardado.

Seus olhos brilham. — Eu tinha o GameCube, e aquele jogo era meu favorito quando eu estava na escola primária.

— Escola primária? — Se ela queria me fazer sentir como uma antiguidade, missão cumprida.

— Sim. — Ela aponta para o dispositivo em minhas mãos. — Isso também é um console da Nintendo.

Eu viro o aparelho e leio a parte de trás dele. — Nintendo Switch?

— Você nunca ouviu falar? — Ela balança a cabeça. — Você *realmente* vive debaixo de uma pedra.

Eu suspiro. — Se ser adulto é a mesma coisa que viver debaixo de uma pedra, então, sou culpado da acusação.

— Eu sou uma adulta. — Como se desconhecesse o conceito de ironia, ela acompanha a fala com um bater de pé.

— Você vai ler o livro ou não? — Entrego a ela o console do jogo, pois tenho certeza de que ela escolherá a opção "não".

Ela agarra o livro com mais força. — Só me comprometo a terminar isso se você jurar que vai fechar o jogo inteiro.

— Fechado.

Ela sorri triunfante. — Você sabe que são cerca de cem horas, certo?

— O quê? — Eu quase derrubo o console estúpido. — Você terminará o livro em um décimo desse tempo.

— Então... você já está amarelando? — Ela entrega o livro para mim.

— Não. Pode ter demorado tanto para *você* vencer o jogo, mas acho que se eu me concentrar, posso fazer isso mais rápido.

Ela sorri. — Boa sorte.

— Não preciso de sorte.

Seu sorriso se alarga. — Esse é o espírito. Ah, e você pode jogar no 'fácil' se for o que você precisa.

— É por isso que os livros são melhores — digo incisivamente. — Sem atalhos.

Ela abre a boca para fazer uma espécie de réplica, mas a Sra. Campbell nos interrompe mais uma vez. Desta vez, ela está carregando uma bandeja com meu digestivo noturno.

— Bem — Lilly diz. —, é melhor eu ir.

— Você se lembra onde fica seu quarto? — Eu pergunto.

— Sim — Ela diz, mas não parece muito certa.

Pego minha bebida da Sra. Campbell. — Você pode mostrar a ela onde fica, assim como os arranjos de dormir de Colosso?

— Claro — diz a Sra. Campbell.

— Divirta-se — diz Lilly, apontando para o videogame em minha mão.

Espero que elas saiam antes de navegar até a tela "Novo jogo".

Uma parte de mim está realmente animada, mas isso pode muito bem ser o resultado de ter Lilly em minha presença. De qualquer forma, nunca deixo algo para depois, se puder ser feito imediatamente, o que significa que agora é um momento tão bom quanto qualquer outro para me familiarizar com a versão de silício do Witcher.

Isso ocupará meu horário de leitura – o que significa que tenho apenas alguns minutos antes de voltar ao trabalho.

CAPÍTULO 15
LILLY

Enquanto Prudence me leva do meu quarto para o quarto de Bruce, eu memorizo o caminho para poder refazer meus passos quando estiver com sono.

— Tenha cuidado ao se aproximar do cachorro — diz Prudence ao abrir o maior conjunto de portas que já vi nesta mansão – ou talvez nunca. — Ele pode ficar barulhento se assustado.

— Isso faz sentido. Eu também posso ficar barulhenta se assustada.

Sorrindo, ela gesticula para que eu entre. Eu entro e olho meus arredores.

O quarto de Bruce é do tamanho da casa de muitas pessoas, mas a única mobília é uma enorme cama elegante – e uma pequena réplica da mesma cama a alguns metros de distância.

— Essa é a coisa mais fofa que eu já vi — digo. — Mas, por quê?

— Por que o quê, querida? — Prudence pergunta.

Aponto para a miniatura. — Por que a cama do cachorro se parece com a de Bruce?

Ela se vira furtivamente para se certificar de que estamos sozinhas. — Não tenho certeza — diz ela em voz baixa. — Acho que o cachorrinho imploraria para dormir na cama do Sr. Roxford, e acredito que ele pensou que o problema era que a cama do cachorrinho não era confortável, então, ele encomendou uma réplica exata de sua própria cama.

— Ajudou? — Sussurro de volta.

— Talvez. Ou talvez o pequeno já tenha se acostumado a dormir separado, é difícil ter certeza.

Agradeço a ela por me mostrar o lugar e volto para o meu quarto.

Como minhas coisas ainda estão quase todas embaladas, trabalho para me acomodar um pouco, mas, mais uma vez, o dilúvio de decisões iminentes atrapalha meu progresso.

Também percebo que não trouxe nada como um cesto de roupa suja, então, terei de pedir um a Prudence. Por enquanto, minhas roupas sujas podem se amontoar no chão.

Bocejando, testo meu banheiro e descubro que o chuveiro pode fazer massagens incríveis e os ladrilhos são luxuosamente quentes quando você pisa neles com os pés descalços.

Os vírgula-zero-zero-um por cento do topo vivem bem, devo dizer. É melhor eu não me acostumar com isso.

Depois do banho, vou para a cama, onde descubro que meus lençóis são feitos de seda – ou de outra coisa divina.

Quando fecho meus olhos, minha mente gira, especialmente em torno do fato de que comecei esta manhã em uma missão para gritar com a personificação do mal e terminei o dia em sua cama.

Ou, pelo menos, uma cama que ele possui.

Espontaneamente, a situação dos meus pais vem à tona em minha mente. Pouco antes de eu nascer, eles compraram a primeira casa. Quase valeu a pena, mas meu pai precisou de uma cirurgia e meus pais refinanciaram para pagar as contas médicas. A saúde de papai não permitiu que ele voltasse ao trabalho, e mamãe perdeu o emprego porque tinha que cuidar dele. Tentei ajudá-los o máximo que pude, mas meu trabalho mal cobria minhas próprias contas. Ninguém no banco de Bruce deu a mínima para a nossa história, porém, e meus pais perderam a casa.

Uma dor apertada invade meu peito de novo, pensando em todas aquelas lembranças que nunca vamos conseguir reviver – nem mesmo se eu puder ajudar meus pais a comprar outra casa com o dinheiro que vou ganhar aqui.

Por causa de Bruce, minha casa de infância se foi para sempre.

Grr.

De jeito nenhum vou dormir com essa merda na cabeça.

Abrindo os olhos, pego *The Witcher* e começo a ler.

Huh. É surpreendentemente bom, mesmo para quem não lê um livro há algum tempo. Talvez seja porque é uma coleção de contos e, portanto, não requer o longo período de atenção necessário para um romance.

Antes que eu perceba, terminei a primeira história. Piscando, eu verifico o relógio – e bato na minha cabeça. Eu tenho que acordar para passear com o cachorro no meio da noite, então, se eu quiser descansar decentemente antes disso, devo dormir agora.

Definindo um alarme, fecho meus olhos novamente, mas o sono me escapa – desta vez, porque estou com medo de entrar no quarto de Bruce em algumas horas.

Tudo bem.

Quando termino a segunda história, tenho que admitir de má vontade que o livro é melhor que o jogo, pelo menos na medida em que você pode comparar coisas tão diferentes. A versão do livro de Geralt é mais legal, mais atormentada, mais moralmente cinza e mais sexy – e esta última parte vem de alguém que pode ter se masturbado na cena do videogame em que ele toma banho.

Claro, nem é preciso dizer que eu nunca, jamais admitiria nada disso para Bruce.

Caramba. Eu não deveria pensar em Bruce – não se eu quiser dormir.

Eu timidamente fecho meus olhos, e o momento em que quase nos beijamos bate em minha mente.

Certo.

Mais leitura.

E mais, até perceber que já é hora de passear com o cachorro.

Levantando-me, coloco uma roupa e sigo o caminho até o quarto de Bruce.

Tomando uma respiração calmante, eu abro as portas gigantes.

Uau. A escuridão é absoluta, como se fosse o interior de um buraco negro. Normalmente, um cômodo tem algum aparelho com uma luz LED brilhando, ou luar entrando pelas janelas, ou algo assim.

Ah, bem. Pego meu telefone e o uso como lanterna para navegar até a pequena réplica da cama. Quando estou no meio do caminho, vejo duas luzinhas verdes brilhando: os olhos de Colosso.

Eu sorrio e aceno meu telefone para ele, o que deve ser um erro porque ele começa a latir alto. Muito alto para uma criatura de seu tamanho.

Merda. Isso não é bom.

Seus latidos agora soam como o uivo de um pequeno filhote de lobo – algo que seria adorável se não estivesse acontecendo no quarto do meu inimigo e patrão no meio da noite.

Merda. O que eu faço?

Estou tão ferrada.

— Alexa, luzes do quarto acesas! — Bruce grita por cima dos latidos, e fico momentaneamente cega.

O próximo latido de Colosso é menos uivante, e então ele se acalma.

Sentindo como se uma guilhotina estivesse prestes a cair no meu pescoço, eu relutantemente encaro a cama grande, apertando os olhos contra as luzes brilhantes acima – apenas para sentir meu queixo bater no chão.

Vestindo nada além de cuecas justas, Bruce está pairando sobre mim, cada músculo esculpido em seu corpo poderoso tenso de raiva.

CAPÍTULO 16
LILLY

O u talvez não seja raiva. Você pode ter uma ereção enquanto está com raiva? Não faço ideia, mas isso é épico sob essas cuecas. Tão grande que nem acredito que a cueca é capaz de contê-lo.

Por ser baixinha, já me senti diminuída pelas coisas antes – mas nunca por algo que seja tecnicamente menor do que eu. No entanto, de alguma forma, seu pênis tem esse efeito.

Como Bruce tem sangue suficiente em seu corpo para funcionar – e para flexionar todos esses músculos? Ele deveria ter deixado o nome de seu cachorro como Amendoim e nomeado seu pênis de Colosso. Ou Titã. Ou...

— O que está acontecendo? — Bruce exige.

Eu dou um passo para trás. — Estou aqui para Titã. Quer dizer, Colosso. — É preciso toda a minha força de vontade para arrastar meus olhos para o rosto de Bruce, em vez de olhar para seu Titã.

— Alexa, diminua as luzes do quarto — Rosna Bruce.

O brilho diminui.

Vendo a expressão assassina nos olhos gelados de Bruce, dou mais um passo para trás e murmuro: — Sinto muito. Parece que Colosso se assustou.

Bruce com raiva caminha até um closet próximo e se envolve em um roupão.

A decepção que sinto é quase proporcional a Titã, o que obviamente é estúpido.

— Pensei que você fosse uma profissional — diz Bruce severamente.

— O que você quer dizer? — Eu exijo. É como se o homem tivesse o superpoder de me irritar.

— Quero dizer que um treinador de cães deve ser capaz de vir buscá-lo sem deixá-lo enlouquecido de estresse.

Eu o odeio ainda mais porque ele está certo. — Desculpe. Da próxima vez, vou abrir a porta e usar um biscoito para atraí-lo para fora.

Na verdade, eu provavelmente teria pensado nisso antes se não estivesse com tanto sono.

Bruce balança a cabeça. — A cama dele vai mudar para o *seu* quarto.

— Tudo bem — digo. — Podemos ir agora?

Ele acena para mim imperiosamente. — Apenas certifique-se de usar proteção. As corujas caçam à noite.

Reviro os olhos e me viro para encarar Colosso.

A bolinha de pelo abana o rabo, todos os latidos anteriores esquecidos.

— Venha — digo.

Ele trota até mim e eu o levo até a garagem para acelerar.

Lá fora, o ar noturno tem um cheiro maravilhoso e a lua cheia ilumina lindamente a propriedade, tornando esta caminhada uma alegria apesar da hora tardia. Colosso faz seus negócios rapidamente – sem dúvida ansioso para voltar para a cama. Eu o pego e o carrego até o quarto de Bruce, onde abro as portas com o máximo de cuidado possível.

Hum.

Há uma luz dentro.

Eu cautelosamente entro, apenas para ficar boquiaberta com a fonte.

Bruce está jogando meu Switch... na cama.

— *The Witcher 3?* — Eu deixo escapar.

Ele resmunga afirmativamente.

— Já está amarrado nisso, não?

Ele dá outro grunhido.

Acho que ele não queria ser acordado novamente, então, decidiu matar o tempo jogando – exatamente o que eu teria feito.

Sem dizer mais nada, deposito Colosso e saio correndo.

Uma vez em meu próprio quarto, eu descaradamente vou para minha caixa de brinquedos sexuais, pois só consigo ver uma maneira de fechar os olhos neste momento: uma visita à minha batcaverna.

Não. Batcaverna me faz pensar em Batman, e seu nome é Bruce – e não é quem eu quero na minha cabeça para isso. É melhor eu pensar em outra pessoa, como o Witcher gerado por computador.

Sim.

Esse é o passe. Com isso em mente, prossigo para ménage à moi.

CAPÍTULO 17
BRUCE

Por que essa porra de jogo é tão viciante?

Forçando-me a desligar o console, me deito de costas e penso no que aconteceu antes.

Em um segundo, eu estava dentro de Lilly em um sonho; no seguinte, lá estava ela.

Por que diabos eu tive esse sonho? E por que ela parecia tão magnífica parada ali quando acordei?

Deve ter sido aquele efeito estúpido da ponte suspensa bagunçando minha mente novamente. O latido me assustou e me acordou, e então lá estava ela. Deve ser isso porque não gosto de nenhuma outra explicação para a forma como meu corpo reagiu.

Virando-me para o lado esquerdo, pego meu travesseiro e espero dormir.

Não.

Talvez eu tenha mais sorte no lado direito?

É ainda pior.

Depois de me virar e virar na cama pelo que parece uma hora, decido que é hora de um dos dois remédios caseiros que me ajudam a dormir: um lanche ou uma punheta.

Um lanche parece ser a melhor opção, pois não é provável que me faça pensar em Lilly novamente, o que seria contraproducente se o objetivo é limpá-la da minha mente.

Vestindo meu roupão, vou para a geladeira. Não fico surpreso quando ouço o som de pezinhos fofos atrás de mim. Colosso nunca perde a chance de ir para a cozinha – desde que descobriu que é lá que residem suas guloseimas.

Quando nos aproximamos da cozinha, ele corre na minha frente, o que é estranho.

Quando entro, eu entendo.

É Lilly. Ela está de costas para nós.

Sem perceber o que estou fazendo, esfrego os olhos, sentindo como se estivesse em um sonho molhado novamente.

Lilly está vestindo uma espécie de pijama que consiste em um top fino de alças e shorts minúsculos – do tipo, a maior parte de suas costas, braços e ombros estão deliciosamente nus, assim como suas pernas macias e sensuais.

Minha tenda se arma. Claro, caralho. Vir aqui foi um grande erro.

Talvez eu possa recuar antes...

Colosso corre em direção a ela e, quando chega à geladeira, ergue os olhos e choraminga.

Estranho. Ele não costuma fazer isso.

— Sinto muito — Ela diz a ele, parecendo muito culpada. — Eu só estava curiosa.

Sobre o que ela está falando?

Não. Eu não me importo. É melhor se eu for embora.

Dou um passo suave para trás, mas ela deve ouvir, ou sentir a vibração do ar da minha porra de pau duro, porque ela se vira.

Caralho.

Se eu achava que a roupa dela era sexy na parte de trás, isso praticamente fez minhas bolas ficarem azuis na frente.

Já que estou preso, certifico-me de que a mesa esteja entre a visão dela e minha virilha, então emprego a melhor defesa em tal situação – ataco. — O que você está fazendo aqui?

Ela lança um olhar culpado para o cachorro. — Eu não conseguia dormir, então, vim aqui para comer alguma coisa. Quando vi a comida *dele* na geladeira, fiquei curiosa, e eu...

— Você está comendo comida de cachorro? — Eu pergunto incrédulo.

Ela esconde a tigela que estava segurando na geladeira. — É feito por um chef particular e com ingredientes de qualidade humana. Eu só queria provar.

O cachorro gane mais alto, um som que puxa algo em meu peito e me força a ir até a geladeira e pegar a tigela em questão. Com um baque alto, coloco-a no chão.

Como de costume, o filhote ataca a refeição como se fosse a primeira após um jejum de um ano.

— Isso é um erro — Lilly murmura.

Eu olho para ela e me arrependo instantaneamente. Sua roupa é frouxa no corpete e ela não está usando sutiã, então eu dou uma olhada em seus seios deliciosamente empinados e até vejo um mamilo rosa pálido que está duro como uma pedra – sem dúvida do frio que emana da geladeira.

Por que diabos eu cheguei tão perto dela? Para uma criatura tão pequena, ela exala um poderoso campo de gravidade que me atrai – mas ceder seria a pior ideia de todas.

— Como isso foi um erro? — Eu pergunto, imaginando que a defesa é minha melhor jogada neste momento.

Ela levanta o queixo adorável. — Colosso choramingou e você o alimentou logo em seguida. Isso é reforço positivo. Agora, é muito mais provável que ele faça isso de novo na próxima vez que quiser fazer o que quiser.

Porra. Ela está certa. — Devo tirar?

Ela olha para baixo. — Tarde demais.

Sim. Ele acabou – e esse foi todo o seu café da manhã.

— Essa é a prateleira com lanches humanos. — Aponto para a seção da geladeira que era meu próprio destino.

Ela acabou de olhar para a saliência no meu roupão?

Merda. Eu esqueci disso.

Pensar em pensamentos pouco sensuais é inútil, então, desvio sua atenção tentando pegar comida. O problema é que, naquele exato momento, ela pega o mesmo item – e nossos dedos se tocam.

Se meu pau tivesse voz, estaria rugindo de frustração.

Ofegando, ela pega um pedaço de rolinho de espinafre e o enfia na boca, como se eu fosse roubá-lo dela.

Mais uma vez, minha reação é sexual em vez do habitual lutar ou fugir que tenho quando vejo pessoas comendo – mas, em minha defesa, o que mais você pode esperar quando ela envolve os lábios sobre um objeto de aparência fálica?

— A minha alimentação te incomoda? — Ela pergunta depois de engolir. — Por favor, diga-me se é como a panna cotta.

— Eu vou te dizer — digo e pego um dos ovos recheados com abacate. Como ela, engulo quase sem mastigar.

— Bom — diz ela e olha fixamente para os meus lábios. Sua voz tem uma qualidade peculiarmente ofegante que faz meu pau estremecer.

Caramba. Eu preciso me afastar. Agora. Mas, por algum motivo, meus pés se recusam a se mover. Nós olhamos um para o outro, apenas um palmo de espaço nos separando, e meu batimento cardíaco acelera conforme o momento se estende – do jeito que eu desejo que sua boceta se estique ao redor do meu pau.

Não, o que estou pensando? Eu preciso parar com isso. Agora mesmo. *Movam-se, pés, voltem agora.* Mas eles desobedecem, dando o menor passo à frente, e ouço sua respiração engatar na garganta, vejo seus olhos se arregalarem quando ela percebe o que está acontecendo. E então... Oh, porra, de alguma forma eu estou beijando aqueles lábios macios e tentadores, e ela – puta merda – está me beijando de volta. Seus braços delicados envolvem meu pescoço, e ela quase sobe em mim como um bebê coala escalaria um eucalipto nobre – e é a coisa mais quente que já experimentei.

Um latido repentino me arranca do beijo.

Eu me afasto no momento em que Lilly pula para trás, como se tivesse sido queimada.

Para uma treinadora de cães, ela com certeza tem medo de latido.

A fonte do latido é obviamente o cachorro, mas ele não está aflito, como inicialmente presumi. Na verdade, ele está olhando para nós com entusiasmo e abanando o rabo com todas as suas forças. Meu palpite é que ele pensou que o beijo era algo divertido e queria participar.

Lilly e eu nos encaramos, nossas respirações irregulares, e então dizemos em uníssono perfeito: — Isso foi um erro.

Eu franzo a testa imediatamente, um pouco do calor deixando meu corpo. Eu sei por que eu diria isso, mas por que ela diria? Eu sou o patrão aqui, não o contrário, e ela não é a pessoa...

— Um erro? — Lilly sibila, seus olhos se tornando semicerrados, como os de uma raposa.

Antes que eu possa responder, ela se vira e sai correndo.

Olho para o cachorro para ver se ele entende o que acabou de acontecer.

Duvidoso. Ele fica desapontado depois que Lilly desaparece.

Respiro fundo e solto o ar lentamente, depois pego o cachorro para me acalmar ainda mais. Funciona – é incrível o que uma bolinha de pelo pode fazer pelo estado de espírito de uma pessoa. Ele é como um Xanax que come e faz cocô.

Fazendo o meu melhor para não pensar naquele beijo, eu o carrego de volta para o meu quarto e o coloco em sua cama antes de mergulhar na minha. Fechando os olhos, tento dormir, mas sem que o cachorro me distraia, o beijo vem à tona em minha mente. O beijo e suas consequências. E quanto mais me debruço sobre o último, mais irritado fico.

Por que ela diria que foi um erro? Se a Forbes é para ser acreditada, eu sou um partidão e certamente não alguém que você trata como um fungo no pé.

Talvez ela seja uma socialista ou alguma outra "ista" que odeia os ricos?

Não tenho ideia, mas sei de uma coisa: algo como aquele beijo nunca, nunca mais deve acontecer.

CAPÍTULO 18
LILLY

Um erro?

Como ele ousa dizer que me beijar foi um erro? Não era ele quem beijava seu inimigo. Não foi ele quem beijou um homem que parece já ter uma namorada... ou mesmo uma esposa.

Eu mergulho com raiva em minha cama e bato no travesseiro, desejando que fosse o rosto dele.

O que mais me irrita é o fato de que o beijo foi incrível.

O melhor que já tive.

Melhor do que eu poderia imaginar um beijo.

Ótimo. Agora estou ainda com mais tesão.

Bem, não há como evitar. Hora de me masturbar com raiva para dormir.

————

Quando chego à cozinha para o café da manhã, a sorte não está do meu lado. Bruce – a quem eu esperava evitar – está aqui e está apenas começando seu Ovos Benedict.

— Bom dia — diz ele. — Estou feliz por você estar aqui. Quero discutir seus planos para o dia.

É assim que ele quer jogar? Fingir que nada aconteceu?

Certo. Estou feliz, na verdade. A última coisa que quero é reviver aquela humilhação.

— Bom dia — digo com falsa alegria. — Colosso e eu vamos trabalhar em 'senta'.

Ao ouvir seu nome, Colosso deixa seu lugar aos pés de Bruce e corre até mim, abanando o rabo.

— Oi — Sussurro. — Sentiu minha falta?

Como se em resposta, Colosso se joga de costas, expondo a falta de pelo em sua barriga.

Por favor, por favor, quero uma massagem na barriga. E um biscoito. Talvez juntos?

Agachando-me, realizo alegremente minhas tarefas relacionadas à barriga, depois, pego meu próprio Ovos Benedict e ocupo uma cadeira perto de Bruce.

— Também vamos caminhar — Continuo. — e eu vou ensiná-lo a tirar uma guloseima da minha mão educadamente.

Bruce acena com aprovação, e eu digo a ele o que mais estou planejando para hoje, se o tempo permitir.

Enquanto falo, observo Bruce em busca de sinais de que minha alimentação o está incomodando, mas ele parece bem. Por que isso me faz sentir especial, especialmente depois do fiasco da noite passada?

— Você é socialista? — Bruce pergunta de repente.

Quase engasgo com a próxima mordida. — Uma socialista?

Ele aponta para mim com o garfo. — Um socialista é alguém que pensa que coisas como produção e distribuição devem ser tratadas pelo governo e não por corporações privadas.

— Eu sei *o que* é — Resmungo.

— Então você admite que é uma? — Ele exige. — Não se preocupe. Isso não vai desqualificá-la para trabalhar com Colosso.

Eu olho para o cachorro com um sorriso. — Tem certeza? E se eu ensinar a ele 'Chihuahuas trabalhadores do mundo, uni-vos!'?

— Agora, você está pensando em comunismo — diz ele. — Diga-me que você não é um desses.

— Acho que não. — Com raiva, corto minha refeição em pedacinhos. — Eu *acho* que pessoas como você têm muito dinheiro.

Ele revira os olhos. — Isso se chama *invejismo*.

Ele acha que isso é uma brincadeira? Sem querer, deixo escapar: — Se alguém passa por momentos difíceis, acho que é injusto para o seu banco tomar-lhes a casa. Se isso faz de mim uma socialista, que seja.

— Esse *é* um cenário de merda — diz ele solenemente. — É por isso que, no meu banco, implementei um programa de adiamento para pessoas qualificadas, além de tolerância.

— Um o quê? — E por que meus pais não sabiam disso?

— Tolerância é quando alguém recebe algum tempo sem ter que pagar a hipoteca, mas os juros são acumulados. O adiamento é semelhante, mas sem juros.

— Ainda assim. — Eu garfo um pouco de ovo e levo-o à minha boca. — Até o anjo do banco acabaria por expulsá-los. — Enquanto mastigo, desafio-o mentalmente a negar isso.

Ele dá de ombros. — É lamentável, mas não é como se tivéssemos muita escolha. Se as pessoas não pagassem suas hipotecas, estaríamos falindo – e como novas pessoas conseguiriam hipotecas então?

— E aí está — digo. — O dinheiro é tudo o que importa, não a vida das pessoas.

Ele exala uma respiração frustrada. — Os bancos não colocam armas na cabeça das pessoas para forçá-las a comprar uma casa. Sempre há aluguel, mas as pessoas querem ser proprietárias porque esperam que o preço de sua casa suba – como se também quisessem ganhar dinheiro em um futuro distante.

Estou tão chateada que esqueço de mastigar a próxima mordida com cuidado, mas ele não parece notar.

— É errado querer segurança financeira quando você é mais velho? — Questiono.

— De jeito nenhum. Mas adivinhe? Você precisa de bancos para...

Alguém deixa cair um garfo, ruidosamente.

É Bob, o chef. Ele está olhando para mim comendo com uma expressão horrorizada.

— Acho que essa é a minha deixa para ir embora — digo para ninguém em particular.

Enfiando o resto do meu ovo na boca, provoco Colosso com uma migalha de biscoito para dar um passeio.

Atrás de mim, ouço Bruce explicar a Bob que sou a exceção à sua "regra de comer sozinho" – o que desencadeia aquela sensação estúpida de ser especial. Mas quando coloco a engenhoca moicana na cabeça, não me sinto mais especial, pelo menos não a versão dessa palavra sem aspas sarcásticas.

Assim que saímos, Colosso começa a farejar um arbusto próximo e levanta a perna.

— Bom menino — digo, mas antes que eu possa dar a ele uma guloseima, ele levanta a perna novamente, alguns centímetros para a esquerda desde a primeira vez. Assim que termina, ele cheira seu trabalho e vai mais uma vez.

— Uau — digo com um sorriso. — Você realmente queria marcar isso.

O cachorro olha para mim, cabeça inclinada.

Bem, duh. Estou fazendo uma obra-prima de xixi – ou como os críticos de arte devem chamá-lo: um masterxixi.

Eu dou a ele um presente pelo bom trabalho, então, desço a estrada... apenas para parar no meio do caminho porque uma mulher atraente vestida em traje de negócios está caminhando em nossa direção – de salto alto, no cascalho.

Que diabos? Esta é uma propriedade privada, então, o que ela está fazendo aqui? Este é outro interesse romântico de Bruce?

— Olá — digo quando estamos perto o suficiente para não ter que gritar, mesmo que gritar com ela seja uma proposta tentadora.

— Oi — diz ela alegremente. — Você deve ser Lilly.

— Sou eu — digo. — Quem é você?

— Sou Gertrude — diz ela. — Eu trabalho para o Sr. Roxford. — Ela olha para Colosso. — Ele disse que o cachorro precisa aprender a ser social e que eu seria a primeira 'estranha' que o carinha conheceria.

Huh. — Você trabalha no banco?

— Sim, mas qualquer coisa pelo Sr. Roxford.

Tipo, quando ele diz "Pule", ela pula. Muito interessante.

— Aqui. — Jogo um biscoito para ela. — Quando chegarmos perto de você, diga algo a ele, fale como faria com um bebê e não faça movimentos bruscos.

Continuamos caminhando.

À medida que nos aproximamos da mulher, Colosso fica mais hesitante – até que ele vê o biscoito em suas mãos. Agora, ele parece dividido. Ele quer a guloseima, mas está nas mãos de um estranho.

— Vá em frente — digo a ele suavemente. — Ela é uma boa senhora. — Provavelmente.

— Oi, garotinho — Ela sussurra. — Venha comer um pouco disso. — Ela acena com o biscoito.

Decisão aparentemente tomada, Colosso

bravamente levanta o queixo e dá um passo determinado em direção à mulher. Então outro.

— Aqui. — Ela entrega a ele um pedaço da guloseima.

Abanando o rabo, ele aceita a oferta.

Ela faz de novo e tenta acariciá-lo – e ele permite.

Uau. Ele aprende rápido. Quando o biscoito está quase acabando, ele parece ter aceitado a mulher como sua nova melhor amiga.

— Obrigada — digo quando considero a lição completa. — Vou garantir que Bruce saiba que você fez um ótimo trabalho aqui.

Ela sorri para o cachorro, depois para mim antes de ir até um carro estacionado nas proximidades.

Enquanto retomamos a caminhada, vejo outro carro parar não muito longe e, desta vez, um homem sai dele.

Outro funcionário do banco?

Sim.

Esse cara é mais falante do que a mulher, então, fico sabendo o que Bruce fez: ele recrutou todas as agências locais de seu banco para o projeto de socialização de filhotes.

— Então, sim — O homem diz em conclusão. — O dinheiro é ótimo, esse cachorro é adorável e é bom ter a chance de ser notado pelo chefão.

Forneço ao cara a guloseima e as mesmas instruções que dei à mulher, o que torna o encontro um pouco mais tranquilo desta vez.

Não surpreendentemente, outro carro para assim

que terminamos. O homem neste está usando grandes óculos de sol e, como se vê, tem um braço protético.

Este encontro vai ainda melhor, embora eu só dê a este homem uma parte da guloseima.

Estou começando a pensar que Colosso é na verdade um cachorro amigável. Ele só precisava aprender isso sobre si mesmo.

A próxima pessoa é uma senhora mais velha com cabelo azul semelhante ao dente-de-leão. O outro é um adolescente com trancinhas. Com cada vez menos biscoitos, Colosso faz amizade com eles e com as pessoas que vêm depois.

A contragosto, tenho que dar algum crédito ao banco de Bruce – há uma grande diversidade de pessoas trabalhando lá... pelo menos nas agências locais.

— Pronto para voltar? — Pergunto ao filhote quando parece que não há mais pessoas disponíveis.

Ele olha ansiosamente para longe. Acho que ele aprendeu uma lição acidental hoje – coisas divertidas podem acontecer em uma caminhada. Bem, além de cheirar e criar seus *masterxixis*.

Ao virarmos, há outra surpresa.

Prudence está caminhando em nossa direção e, atrás dela, o restante da equipe de Bruce.

— Ouvimos dizer que você o está treinando para ser mais amigável — Prudence diz timidamente. — Alguma chance de também podermos participar?

— Claro. — Jogo para ela um quarto de biscoito. — Dê isso a ele e veja o que acontece.

O suborno – quero dizer, a guloseima – funciona como um encanto, e Colosso rapidamente aceita Prudence como amiga, com Bob e Johnny depois disso.

— Sr. Roxford ficará muito satisfeito — diz Johnny depois de fazer amizade com o cachorro.

— Por quê? — Pergunto.

— Ninguém nas filiais locais tem bigode — diz Johnny enquanto gira seu orgulho e alegria. — Ele disse que era minha responsabilidade representar toda a comunidade.

Sim. Agora, se Colosso encontrasse um ditador com bigode – o que a maioria deles tem – ele seria legal como um pepino. Ele também ficaria bem sendo acariciado por um vilão bigodudo no set de um filme de Bond chamado *O Chihuahua Que Me Amava*.

Sorrindo, agradeço a Johnny e atraio Colosso de volta para a garagem com meu último pedaço de biscoito.

Enquanto tiro meu capacete idiota, juro nunca mostrar meu rosto na agência local do banco de Bruce – embora não haja muito que eu possa fazer para Prudence e o resto esquecerem minha vergonha.

Como de costume, Colosso corre para localizar Bruce assim que entramos na mansão, mas quando ele percebe que estou indo para a cozinha, ele se vira e vai comigo.

— Como você não está cheio? — Pergunto-lhe. — Neste ponto, com todas essas guloseimas, você provavelmente está pulando o almoço.

Colosso junta suas orelhas pontudas no topo da cabeça.

Cheio? Acho que essa sensação é um mito, como Chupacabras, o Monstro do Lago Ness ou biscoitos comestíveis sem açúcar.

Verifico a geladeira em busca de algo com menos calorias que possa usar para treinamento adicional e me deparo com os pepinos mais frescos que já vi.

Hum. Bruce mencionou que Colosso come pepinos e, se isso for verdade, o cachorro receberá a tão necessária hidratação pós-caminhada, junto com uma guloseima.

Roach não teria comido pepinos, então estou um pouco cética sobre a afirmação de Bruce.

Cortando um pequeno pedaço, entrego ao cachorro.

Uau. Ele quase morde meu dedo de excitação enquanto pega o pepino. Fazendo ruídos audíveis sinalizando profunda satisfação, Colosso devora o pepino como um canibal que se apoderou do (presumivelmente) delicioso fígado de Bruce.

— Você gosta disso, hein? — Pergunto a Colosso.

Sem minha orientação, ele joga a bunda no chão e me olha bem nos olhos – uma execução perfeita de 'senta'.

Não quero cheirar a grande pilha de um urso quando faz cocô na floresta?

Eu dou a ele outro pedaço de pepino e digo a palavra 'senta', esperando que ele associe o que fez naturalmente com o comando.

Ele devora o pepino com o mesmo entusiasmo.

Corto outro pedaço e o seguro na frente de seu nariz, depois um pouco acima dele – o que faz com que os caninos se acomodem naturalmente. Ao mesmo tempo, também digo o comando.

Sim!

Ele se senta. Eu o elogio verbalmente e com um presente de vegetais – ou frutas, se você for um defensor da botânica.

Repito todo o exercício.

Ele se senta novamente.

E de novo.

— Uau — digo em sua quinta tentativa bem-sucedida. — Você aprende rápido.

Ele olha incisivamente para o balcão – onde está o resto do pepino – e depois para mim.

A lua não é feita de queijo? O sol não é um biscoito grande saindo do forno?

Sorrindo, corto o resto do pepino e ensaiamos 'senta' um pouco mais – usando apenas a palavra desta vez.

— Acho que você entendeu — digo quando tenho o último pedacinho da guloseima sobrando.

— Entendeu o quê? — Bruce pergunta, me assustando.

Como um homem tão grande se aproxima de mim tão furtivamente? Eles ensinam ninjitsu na escola bilionária?

— Ele aprendeu o 'senta' — Explico.

Colosso – que se levantou para cumprimentar

Bruce – joga sua bunda peluda de volta no chão, então olha para minha reação obedientemente.

Eu dou a ele o resto do pepino, e olho para cima a tempo de ver Bruce sorrindo – e é tão surpreendente como sempre.

— Tive a sensação de que ele era um cachorro esperto.

Teve? — Conhecemos algumas pessoas suas — digo, mudando de um pé para o outro. — E ele fez amizade com todas elas.

Bruce se agacha na frente do cachorro. — Você fez? Bom menino.

Colosso levanta o queixo e abana o rabo com todas as suas forças. Para minha surpresa, Bruce começa a acariciar seu protegido sob o referido queixo.

O cachorrinho parece gostar de carinho ainda mais do que da comida – e fico me perguntando se poderia estar errada sobre os sentimentos de Bruce em relação a Colosso.

Por mais inconcebível que pareça, há uma chance de que esse homem, aparentemente sem coração, ame secretamente esse cachorro.

CAPÍTULO 19
BRUCE

ntre 'senta' e o feedback entusiasmado da minha equipe sobre o quão "amigável" Colosso foi quando o viram hoje, meu peito se enche de orgulho. Eu também me sinto meio idiota porque este é o meu cachorro aprendendo sutilezas caninas básicas, não meu filho se formando *cum laude*.

Percebendo que ainda estou acariciando o cachorro na frente de Lilly e que ela pode desaprovar isso por algum motivo de treinador de cães, eu me levanto.

Hum. Ela está me olhando de forma estranha, mas não sei se isso é uma condenação ou outra coisa.

— Gostaria de fazer uma pausa? — Pergunto.

Ela inclina a cabeça, um maneirismo que sem dúvida aprendeu com um de seus alunos fofinhos. — Do quê?

— Dele. — Aponto para baixo.

Suas sobrancelhas ganham vida e se encontram no meio da testa. — Por quê?

Eu reprimo outra onda de irritação. Primeiro, ela está fingindo que aquele beijo de outro mundo nunca aconteceu, e agora, ela está questionando minha tentativa de ser cordial.

— Vou videojogar — Resmungo. — Colosso gosta de se sentar no meu colo quando faço isso. Ou, pelo menos, ele faz quando eu leio. Imaginei...

— O verbo certo para jogar videogame é só jogar — Ela acrescenta. — É assim que nós, 'crianças', estamos chamando hoje em dia.

Eu viro minhas costas para ela. — Eu vou fazer isso e meu cachorro está vindo comigo.

— Ele vai precisar de uma caminhada em breve.

Ela parece desaprovar a folga – e eles *me* chamam de workaholic.

— Eu vou fazer isso — digo e sinto meu pau mexendo quando me lembro de como ela me ensinou a técnica de passear com o cachorro.

Ela bufa em acordo relutante.

Enquanto me afasto, por um segundo, me pergunto se Colosso pode escolher ficar com ela em vez de ir comigo. Ela o alimentou muito e, como se vê, sua afeição é facilmente comprada.

Mas não.

Eu ouço aquele clique característico de garras minúsculas em pisos de madeira.

Espere.

Eu olho para baixo.

Sim.

O mar de tapetes foi removido. Acho que a Sra.

Campbell confia nele agora – ou confia em Lilly para fazer o trabalho dela. De qualquer maneira, um acordo é um acordo, então, pego meu telefone e me certifico de que Lilly receba o bônus que mencionei a ela.

Quando entro na sala de mídia, nem consigo pegar o console antes que uma videochamada da minha mãe apareça no meu telefone.

Colocando Colosso no meu colo, eu aceito a ligação. — Oi, mãe.

O rosto de mamãe se parece estranhamente com o de Angela – ou é mais correto dizer que é o contrário? A biologia obviamente desempenha um papel pequeno em sua semelhança, mas a semelhança maior e mais estranha surgiu depois que minha irmã convenceu mamãe a usar seu cirurgião plástico. Ou *isso* foi o contrário?

— Brucey, querido, como você está? — Ela pergunta, e embora não fume há quarenta anos, parece que nunca parou.

— Eu estou bem. E você? — Inclino o telefone para mostrar Colosso no meu colo e, previsivelmente, em vez de responder à minha pergunta, minha mãe fala sobre o quão fofo "seu neto" é pelo que parece uma hora. — Meu intervalo terminará em breve. — Eu bato no relógio no meu pulso. — Existe algum motivo específico para a sua ligação?

O que não acrescento é que geralmente existe.

— Não posso ligar para o meu filho sempre que eu quiser?

Não tenho certeza se isso é da biologia ou de um

cirurgião plástico, mas o jeito que mamãe franze os lábios é idêntico ao jeito que minha irmã faz.

Eu suspiro. — Obviamente, você pode.

— Bom — diz ela. —, embora aconteça que eu queira falar com você sobre algo.

Eu te disse.

Ela sorri maliciosamente. — Ou devo dizer... alguém?

Algumas pessoas não conseguem manter a porra da boca fechada. — O que Angela disse a você?

— Que você arranjou uma babá de cachorro muito *bonita* — diz a mãe. — E que Angela já a desaprova.

Eu zombo. — Não tenho certeza se existe uma mulher no mundo que Angela aprovaria.

Mamãe assente sabiamente. — Eu confio no seu julgamento de caráter, então, se você gosta dessa mulher, eu também vou. — Eu posso ouvir a parte não dita – *especialmente se isso significa netos.*

— Lilly é apenas uma funcionária — digo com firmeza.

— 'Lilly' — Mamãe diz com um movimento de sobrancelha que eu não achava possível devido a todo aquele Botox. — Tipo, *não* Seja-Qual-For-Seu-Sobrenome?

É assim que os rumores começam, então é melhor eu cortar pela raiz. — Ela insiste em ser ofensivamente informal.

— E você concorda com isso? — Mamãe balança as sobrancelhas novamente. — Quando é o casamento?

— Tenho que desligar — digo e pego o botão de desligar.

— Espere — Mamãe diz. — Eu mencionei que estamos indo?

Meu olho direito estremece. — Vocês o quê?

— Seu pai e eu não vemos você e Angela há eras — Ela diz em um tom muito acusatório, considerando que "eras" é realmente dois meses no meu caso. — Já que vocês dois vão estar no mesmo lugar pela primeira vez, decidimos que era o momento perfeito para visitar.

Já que estou sem palavras, simplesmente aceno com a cabeça enquanto mamãe me conta o itinerário deles – minha aceitação é uma conclusão precipitada.

— Você está animado? — Ela pergunta quando termina.

— Estou — digo com um suspiro. —, mas é melhor eu voltar ao trabalho. Há um projeto pelo qual estou muito apaixonado...

— Você é sempre apaixonado pelo seu trabalho — Mamãe diz com desaprovação. — O que é dessa vez?

Eu explico a ela como uma criptomoeda de minha autoria nos ajudará a levar o sistema bancário a partes do mundo onde isso seria difícil – e ela me dá sua opinião sobre isso como uma filantropa.

— Obrigado — digo a ela quando ela termina. —, mas não me interprete mal. Pretendo ganhar dinheiro com isso no final.

— Se ganhar dinheiro enriquece a vida das pessoas, por que não? — Ela pergunta.

Eu sorrio. — Exatamente.

— É melhor eu deixar você ir — Ela diz. —, mas faça um esforço para responder aos meus e-mails.

— Claro — digo. Vou ter que delegar essa tarefa a alguém além do meu assistente porque ele é melindroso. Talvez o assistente *dele*? Mais de noventa por cento dos vídeos que minha mãe envia para as pessoas são clipes horríveis de alguém tirando espinhas. Na verdade, ela é tão obcecada por essa atividade nojenta que foi para a faculdade de medicina e se tornou dermatologista especializada nesse "tratamento" específico.

— Não se esqueça de mimar meu neto — diz ela com um sorriso. — Vejo você em breve.

Com isso, ela desliga.

Eu levo Colosso para fora usando as técnicas de trela que Lilly me ensinou – aquelas que vão me dar sonhos molhados nos próximos anos.

Não tenho certeza se são as novas habilidades ou o treinamento do cachorro até agora, mas a caminhada está mais suave do que no passado.

Quando volto, coloco o cachorrinho no chão e encontro seu olhar. — Pronto para voltar para Lilly?

Ele fica animado, o que sugere fortemente que o que ouviu foi: "Quer um lanche?"

Eu o deixo seguir enquanto procuro Lilly, mas ela não está em lugar nenhum.

— Você é um cachorro — digo quando estou quase desistindo. — Encontre Lilly.

Abanando o rabo, Colosso corre para frente. Eu o

sigo, mas tenho certeza de que ele vai me levar ao seu lugar favorito: a cozinha.

Mas não. Passamos pela cozinha, pela sala de mídia e pela biblioteca antes de seguir por um corredor até o ginásio – um lugar onde ele raramente, ou nunca, esteve.

Curioso.

Eu entro na sala.

Ah, porra.

Lilly *está* aqui – e ela está fazendo ioga. Especificamente, cão descendente. Ou, em outras palavras, ela está curvada na cintura como se estivesse pronta para uma foda forte.

Minha respiração falha.

Sua bunda firme parece incrivelmente boa naquela calça de ioga apertada. Espontaneamente, um filme pornográfico se passa em minha mente, um em que entro no modo homem das cavernas e rasgo aquela calça de ioga em pedaços.

E aí está. Uma ereção para governar todos eles. Nunca tomei Viagra, mas aposto que uma overdose dele seria assim.

Como se estivesse me provocando, Lilly faz a transição para um agachamento de ioga – ou o que ela pareceria em uma vaqueira reversa se ela estivesse quicando no meu pau.

Já chega. Estou sendo um pervertido. É melhor sair daqui antes que ela me perceba, para que eu possa correr direto para um banho frio.

Dou um passo para trás, mas é tarde demais.

Abanando o rabo, o cachorro corre para o colchonete de ioga de Lilly. Em um piscar de olhos, ele está de costas na frente dela, implorando por uma massagem na barriga.

Lilly fica ereta, depois examina o espelho próximo até ver meu reflexo. Ela então se ajoelha (causando outra contração do pênis) e coça a barriga de Colosso.

— Onde você abandonou Bruce?

— Eu sei que você me viu — Rosno.

— O que foi? — Ela coloca a orelha próxima à boca de Colosso, como se estivesse ouvindo-o sussurrar algo – e leva uma lambida na orelha por causa disso. — Ah, sim. Ele *pode* ser um verdadeiro resmungão.

— Muito engraçado — Resmungo.

Finalmente, ela se vira para mim. — O que você está fazendo aqui?

Estou prestes a contar a ela que o cachorro me trouxe até aqui quando percebo que isso pode soar como uma desculpa inventada para ser um pervertido bisbilhoteiro.

Não. Eu deveria pensar em um motivo melhor para estar aqui.

E então algo me atinge.

Estou na academia, então posso queimar um pouco dessa energia que corre em minhas veias. É verdade que pode não ser tão eficaz quanto um banho frio, mas é melhor do que nada – e de qualquer forma, vou me atrasar para minha reunião.

Assim decidido, anuncio: — Estou aqui para boxear.

As sobrancelhas de Lilly parecem dançar um pouco

– como duas lagartas fofas que estão a caminho de se transformar nas borboletas mais lindas do mundo. — Prudence mencionou que você luta boxe.

— Ela disse? — Eu ando até o estande próximo e pego minhas luvas de boxe. — Todo mundo aqui acha que os acordos de confidencialidade são apenas sugestões educadas?

Lilly estremece. — Eu obviamente estava brincando. Ela não me disse nada. Eu li sobre o seu boxe online.

— Boa tentativa. — Pego meu telefone e digo a Johnny para mudar a reunião para a qual estou quase atrasado. A única coisa boa de administrar minha própria empresa é que, ao contrário de todos os outros, não preciso comparecer a reuniões, a menos que deseje. Claro, geralmente, eu desejo.

— Bem — Lilly diz. — Você faz a sua coisa e eu vou tentar ioga para cachorros.

— Ioga para cachorros? — Pergunto. — Isso está relacionado com poses de cachorrinho?

— Não — diz ela. — É exatamente o que parece: fazer ioga enquanto há cachorrinhos por perto. Eles ficam muito curiosos e fofinhos e, por razões óbvias, essa ioga pode ser realmente reconfortante.

Ela fica na postura da cobra – peito para fora, costas arqueadas, braços em posição de flexão e parte inferior do corpo no tatame.

Previsivelmente, Colosso pensa que o que ela está fazendo é sobre ele, então ele pula na parte inferior das costas dela e cheira sua bunda.

Eu não posso deixar de sorrir. — As aulas de ioga para cachorros incorporam os cachorros nas poses?

— Sim, e eu também — diz ela, ainda permanecendo em sua posição. — Quando eu fizer a pose do cadáver, vou incentivá-lo a subir no meu peito e, durante a pose de lótus, ele pode ficar no meu colo.

Cachorro sortudo. — Estou bem com isso, desde que Colosso esteja feliz – e ele obviamente está se divertindo muito.

— Ótimo — diz ela. — Posso fazer isso diariamente, se você quiser.

— Apenas me diga quando — digo com firmeza – então, posso evitar vir aqui nesses horários daqui para frente, obviamente.

— Vou dizer — diz ela. — Agora, vá lutar boxe.

Ah. Certo. Só que eu tenho um problema. Não estou com minha regata de sempre. Ou shorts.

Então, novamente, ela não sabe o que eu visto para isso. Eu tenho boxer sob a calça que pode se passar por shorts, e muitas pessoas se exercitam sem camisa.

Pronto. Lilly faz pose de criança, o que significa que ela não pode me ver. Despindo-me rapidamente, calço as luvas e fico em posição diante do saco de pancadas.

Quando começo a parte de aquecimento do treino, percebo que terminar aqui na academia foi fortuito. Entre o beijo que desejo esquecer e a visita familiar que se aproxima no horizonte, tenho muita energia reprimida – e esta é uma ótima maneira de queimá-la.

Com o canto do olho, vejo Lilly fazendo a transição para a pose da ponte.

Porra. Como uma mudança de uma prática espiritual antiga pode se parecer tanto com uma cena de *Showgirls*?

Afasto meu olhar da treinadora do meu cachorro e o coloco firmemente no saco de pancadas. Inalando profundamente, solto o ar com um som sibilante e bato meu punho no saco.

CAPÍTULO 20
LILLY

Colosso foge.

Hum. Ele seguiu Bruce?

Um som sibilante chama minha atenção – e quando me viro, toda a serenidade que ganhei durante a prática de ioga é lavada por um tsunami de hormônios.

Bruce está sem camisa.

E sem calça.

Com gotas de suor escorrendo em seus músculos ondulados.

Pelo amor de Anúbis, até o cachorro está olhando para Bruce como se dissesse: *Ele parece mais masculino do que um bando de cachorros – e sem nem mesmo levantar uma perna.*

Bruce dá um soco devastador no pobre saco. E outro.

De alguma forma, até mesmo a violência distorcendo suas feições é sexy – tanto que eu sinto uma piscina de calor indesejada em meu núcleo.

Grr. É como se este homem estivesse tentando ativamente me manter em um estado de excitação perpétua.

Cerrando os dentes, começo a fazer a vaca-gato.

Não. Ao contrário de todas as outras vezes que fiz isso, fico hiper consciente dos músculos do assoalho pélvico – então, mudo para o lagarto.

Sinos do inferno. Essa pose é ainda pior, e a 'bichana' feliz me deixa extremamente infeliz. E querendo o 'bichano' dele.

O problema persiste quando eu faço o arado, e mesmo quando eu faço um ombro, então eu fico de pé novamente e tento a águia – ficando em um pé, cruzando os braços na frente do corpo e enganchando o pé direito ao redor minha panturrilha esquerda.

Oh, não.

Com minhas pernas torcidas assim, acabei de pressionar meu clitóris hipersensível. Se eu mantiver a pose por mais um segundo, posso...

E isso acontece. Gozo no meio da academia de Bruce – bem na frente dele. Puta merda. Eu sempre tive um gatilho quando se trata de orgasmos, mas este é um nível totalmente diferente.

Eu desembaraço minhas pernas e, graças a Deus, nenhum gemido escapou de meus lábios – uma façanha que exigiu um esforço gigantesco de vontade.

— Ei, Colosso — digo, minha voz rouca. — Vamos aprender a buscar.

Bruce faz uma pausa em seu ataque para dizer: — Os brinquedos dele estão ao lado da cama.

Ótimo. Estou indo para o quarto de Bruce.

Pelo menos ele não vai estar lá.

Saio do ginásio, mas o cachorro não me segue.

Com um suspiro, eu o pego. Não pensei em trazer uma guloseima aqui e, portanto, não tenho nada para atraí-lo.

Quando estamos no quarto de Bruce, pego alguns brinquedos e resisto ao forte desejo de me despir, mergulhar na cama de Bruce e atingir outro clímax enquanto me deleito com seu cheiro nos lençóis.

Percebendo os brinquedos, Colosso abana o rabo.

Bom. Agora que consegui sua atenção, eu o levo para o meu quarto e jogo o primeiro brinquedo – um tubarão de pelúcia que tem algum motor dentro que o faz abanar o rabo.

O cachorrinho corre atrás do tubarão, agarra-o, mas não o traz de volta.

Tudo bem. Eu não vou usar comida para isso. Ele já comeu demais hoje, além disso, os brinquedos são para divertir, então, se ele não quiser brincar, não vou forçar o assunto. Em vez disso, o que faço é fingir que estou fascinada por seu outro brinquedo – um macaquinho que chia.

A jogada funciona. Assim que ele percebe o quanto estou me divertindo com o macaco, ele se aproxima para verificar – o tubarão ainda está em seus dentes.

Assim que ele está ao alcance, eu o elogio para que ele saiba que caminhar até lá me agrada, e então jogo o macaco. Soltando o tubarão, ele corre atrás do novo brinquedo.

Repito tudo mais algumas vezes e espero para ver o que ele faz.

Ele traz o macaco para mim, abanando o rabo.

— Bom menino — digo enquanto pego o brinquedo. — Obrigada.

Não tão rápido. Ele não larga o brinquedo – o que é um comportamento comum dos cães. Em vez de buscar, ele quer brincar de cabo-de-guerra, e por que não?

Eu brinco com ele, deixando-o ganhar algumas vezes. Quando é minha vez de ganhar, jogo o brinquedo fora.

Ele traz de volta.

Já estamos na metade do caminho.

Continuamos brincando assim por mais algum tempo, e eu o observo em busca de qualquer sinal de que precisa ir ao banheiro – uma ocorrência comum depois de brincar. Não. Ele simplesmente caminha até minha pilha de roupas sujas e desmaia.

Eu sorrio. Isso costumava acontecer quando Roach era um cachorrinho também.

Usando o pouco tempo livre que isso me dá, tiro minhas roupas de ioga, corro para o banheiro para me refrescar e me visto de maneira mais apresentável – para o caso de encontrar alguém durante o almoço.

Ninguém específico... qualquer um.

Depois de me vestir, começo a ler *The Witcher*

enquanto espero o cachorro acordar. Duas páginas depois, meu telefone toca.

Eu atendo rapidamente. — Alô — Sussurro.

— Oi para você também — Afrodite diz sarcasticamente. — Eu exijo um relatório de status completo.

Para não acordar Colosso, atendo a ligação no banheiro, onde relutantemente conto à minha prima sobre o beijo.

O guincho do outro lado do telefone é tão alto e escandaloso que quase espero que o cachorro acorde, embora esteja em um cômodo diferente.

— Eu avisei — Afrodite diz quando recupera o fôlego. — Agora lembre-se, a ovulação pode durar de doze a quarenta e oito horas, então, você ainda está nessa janela – e estará até amanhã.

— Ele está fingindo que o beijo não aconteceu — digo revirando os olhos. — Não que eu fosse deixá-lo chegar perto dos meus óvulos, de qualquer maneira.

— Claro, claro, claro. Nada vai acontecer, assim como aquele beijo não aconteceu.

Aperto o telefone com mais força. — Isso é diferente.

— Sim, sim, sim. — Eu posso, de alguma forma, ouvir que ela tem um sorriso estúpido no rosto. — Apenas use camisinha quando isso 'não acontecer'. Ou não – tudo dependendo dos planos que você não tem.

— Existe um termo semelhante a fratricídio, mas para quando você mata sua prima? — Pergunto.

— Ei, estou do seu lado aqui — diz ela. —

Importante: estamos falando de um bilionário gostoso que também parece ser um bom beijador.

— Quando eu te disse que ele beija muito bem?

— Nunca — diz ela. —, mas o que você acabou de dizer prova isso.

Meu telefone toca com uma chamada de vídeo da minha mãe.

— Eu tenho que ir — digo. — Mamãe está ligando.

— Oh, sim — Afrodite diz timidamente. — É por isso que eu estava ligando. Há uma pequena chance de eu ter contado à *minha* mãe sobre seu novo emprego... e você sabe como são nossas mães.

— Tchau — Falo com raiva e atendo a ligação de mamãe.

Ela e papai estão do outro lado da linha, fazendo com que pareça uma reunião de família.

— Eu estava prestes a dizer a você — digo em vez de um olá.

— Sobre o seu emprego com residência? — Mamãe pergunta incisivamente.

— Certo, isso. Tudo aconteceu tão rápido que...

— Você teve tempo de contar a Afrodite — Mamãe diz. —, e ela contou a maior fofoca da família.

Agora não é hora de questionar quem deveria ter esse título específico, mas aqui vai uma dica: ela é a pessoa mais chateada por não ser a primeira a saber algo interessante.

— Conte-nos sobre o homem que contratou você — Papai pede.

Mamãe se vira para ele. — Isso é sexista. Ninguém disse que o patrão rico era um homem.

Papai suspira. — Conte-nos sobre a *pessoa* que a contratou.

OK. Acho que isso vai ser como arrancar um Band-Aid. — Bruce Roxford.

Eu estremeço, esperando condenação, mas as expressões em ambos os rostos estão em branco.

— Ele é dono daquele banco do mal — digo.

Eles parecem ainda mais vazios.

Eu digo a eles o nome real do banco em questão. — Vocês sabem — Acrescento. —, o lugar onde vocês tinham sua hipoteca.

— Ah — Mamãe diz.

— Isso é bom — diz papai.

Huh? Isso é bom? — Você não deveria estar muito mais chateado? O banco dele ficou com a sua casa.

Mamãe dá de ombros. — Isso foi lamentável, mas não foi pessoal.

Foi para mim.

— Além disso — Papai diz. —, eles foram realmente muito legais conosco, pelo menos antes do despejo.

— Um oxímoro — digo, revirando os olhos.

— Mocinha — Mamãe diz severamente. —, não chame seu pai de nomes feios.

— Papai não é o oxímoro. A frase 'bom para nós antes do despejo' é.

— Mas eles *foram* legais — diz mamãe. — Primeiro, eles nos deram um adiamento, depois, uma tolerância.

Eu fico boquiaberta com eles. — Por que é a primeira vez que ouço isso?

Mamãe e papai trocam olhares. Eventualmente, ela diz: — Sempre que a maldita hipoteca era mencionada naquela época, você tentava nos dar todo o seu dinheiro.

— E continuava reclamando sobre como a vida é injusta — Acrescenta papai.

Eu poderia jurar que meus discursos eram sobre o banco deles, não sobre a vida em geral, mas se é assim que eles se lembram, quem sou eu para discutir?

— Então... vocês estão totalmente bem comigo trabalhando para Bruce Roxford?

Mamãe pisca para mim. — Claro. Trabalhando.

— Sim. Treinando o cão dele. O que Afrodite disse?

Mamãe olha para papai. — Não uma amizade colorida.

Gah! Se ela não quer que papai ouça, deve haver uma menção à ovulação, junto com o quanto Bruce é gostoso.

Colosso entra no banheiro e se espreguiça na minha frente, como um gato.

— Lá está ele — digo com gratidão, inclinando a câmera para baixo. — Minha tarefa.

— Tão fofo! — Mamãe grita.

— Muito pequeno — Papai resmunga, mas eu sei que se ele estivesse aqui, abraçaria Colosso tanto quanto fazia com Roach antigamente.

Colosso começa a farejar de uma maneira suspeita que reconheço instantaneamente. — Mãe, pai, eu tenho que correr — digo. — Ele está procurando um banheiro.

— Você está no banheiro — Mamãe diz.

— Sim, isso não serve para ele. — Eu agarro o garotinho antes que ele sofra um acidente. Os cães normalmente não fazem quando estão em seus braços, embora fosse terrível provar o contrário desta vez. — Tchau.

Eles se despedem e todos nós desligamos.

Uma vez que Colosso e eu estamos do lado de fora, ele começa a fazer seus masterxixis por todo o caminho lindo. Então, como um déjà vu, a mesma mulher atraente de salto alto caminha em nossa direção. Acho que o nome dela é Gertrude.

Há uma diferença fundamental neste encontro, no entanto. Gertrude tem uma coleira na mão com um minúsculo Yorkshire terrier na outra ponta.

— Você tem um cachorro? — Pergunto-lhe à distância.

Ela assente com a cabeça. — O assistente do Sr. Roxford alugou cães para todos, para que Colosso possa se socializar com eles.

Uau. Fale sobre resolver problemas com dinheiro. Onde você "aluga" cães? Provavelmente de alguém rico, já que este Yorkie parece um espécime com pedigree.

Hora de socializar. Eu verifico meus bolsos e percebo que não tenho nenhuma guloseima.

Ah, bem. Não é como se o pequeno Yorkie os entregasse a Colosso, de qualquer maneira.

Acontece que Colosso *ama* Yorkies, ou pelo menos

este, porque ele está abanando o rabo e cheirando-o quase instantaneamente. Ele até tenta brincar de perseguição.

— Muito fofo — diz Gertrude.

Tenho que concordar, e este encontro é apenas o começo. A próxima pessoa da filial local tem um mini Poodle – e Colosso o ama tanto quanto o Yorkie. O mesmo vale para o Shih Tzu que segue, e o Pug depois disso.

— Talvez você não precisasse de mim para isso, afinal — digo a Colosso depois de outro encontro de socialização bem-sucedido com um Pastor Alemão muito calmo, também conhecido como cachorro número vinte. — Você é muito amigável com cachorros.

Colosso olha para mim, a respiração ofegante de toda a emoção torcendo seus lábios naquele sorriso característico de Chihuahua.

Se bundas humanas cheirassem tão bem quanto as de cachorro, eu também teria gostado dos humanos desde o início. Agora me dê um biscoito, por favor! Já se passaram cem anos desde o último.

— Sabe, eu também estou com um pouco de fome — digo e verifico a hora.

Com certeza, é quase hora do almoço.

Agora, em sincronia em termos de nossas necessidades básicas, fazemos uma curva fechada e voltamos para a mansão. Assim que Colosso é solto, ele corre para algum lugar – provavelmente para a cozinha.

Vou até lá e encontro Bruce comendo.

Ele me olha friamente. — Olá.

Eu olho em volta. — O cachorro está aqui?

— Ele deveria estar com você. — E assim, a frieza em seu olhar se transforma em um frio ártico.

Abro a boca para explicar que ele correu na frente, talvez para pegar um de seus brinquedos no meu quarto, mas o cachorrinho aparece naquele exato momento.

Caralho.

Com base no que ele tem na boca, eu estava meio certa. Ele correu para o meu quarto para pegar alguma coisa. Simplesmente não era o brinquedo dele.

Era minha calcinha.

CAPÍTULO 21
BRUCE

Fico boquiaberto com o pedaço de tecido rendado na boca do meu cachorro.

Isso poderia ser...?

Sim. Com base no rubor que se espalha pelo rosto de Lilly, é a calcinha dela.

Repito, cachorro sortudo.

Ela corre para pegar sua calcinha, mas Colosso decide que quer ficar com ela e escapa de suas mãos que a agarram.

— Por favor — diz ela. — Devolva isso.

Ele abana o rabo, mas não larga a calcinha.

Ela está claramente angustiada porque a solução é bastante óbvia aqui, e eu nem sou um treinador de cães.

Levantando-me de um salto, ando até a geladeira e a abro.

Só assim, Colosso libera a calcinha e corre para verificar o que estou prestes a tirar.

Com um sorriso satisfeito, pego sua comida e a coloco no chão.

Como de costume, ele ataca como se sua sobrevivência dependesse dessa refeição.

Lilly pula para pegar a calcinha, mas dou uma olhada melhor antes que ela a guarde no bolso.

É uma tanga.

Porra. Deve ser por isso que sua bunda parecia tão boa naquela calça de ioga.

E... estou duro de novo. Sento-me à mesa para escondê-lo.

— Foi uma boa ideia — Ela murmura enquanto pega seu almoço e o coloca perto de mim. — Obrigada.

Eu estava prestes a repreendê-la sobre o risco de asfixia que ela criou para o meu cachorro, mas algo em suas bochechas rosadas me faz engolir a crítica – junto com uma garfada de purê de batata-doce.

— Você ainda está bem se eu comer aqui? — Ela pergunta.

Eu assinto, minha boca cheia.

— Você está gostando do jogo? — Ela pergunta.

— Viciante — Respondo —, mas não tão bom quanto o material de origem. Falando nisso, o que você acha do livro?

— Eu admito, é ótimo. Mas não tenho certeza se quero compará-lo ao jogo.

— Certo — digo. —, porque iria ganhar.

Ela revira os olhos. — Porque é como comparar maçãs e laranjas.

— Eu não entendo esse idioma — digo. — Maçãs são melhores, obviamente.

— Esse é o nova-iorquino em você falando — diz ela. — Como uma nativa da Flórida, sou contratualmente obrigada a preferir laranjas.

A conversa evolui para outra luta entre Nova York e Flórida, mas esta é menos acalorada do que antes.

Somos interrompidos pela Sra. Campbell, que entra na cozinha carregando uma pilha de quadrados verdes.

— Ah, os tapetes de lamber — diz Lilly. — Colosso finalmente poderá saborear uma refeição.

Curioso, deixo Lilly espalhar um pouco de manteiga de amendoim em um dos tapetes e entregá-lo ao cachorrinho como um teste.

Interessante. Ele leva alguns minutos para fazer o que normalmente levaria uma única batida do coração, e ele parece gostar, em vez de ficar frustrado, o que eu temia.

Mais uma vez, Lilly estava certa.

Eu posso confiar nela de agora em diante – quando se trata de assuntos caninos, quero dizer. De qualquer forma, é uma raridade para mim.

— Posso te perguntar uma coisa particular? — Lilly pergunta, corando de novo.

— Você pode perguntar — Eu me surpreendo ao dizer. —, eu não tenho que responder.

Ela acena com o garfo com desdém. — Deixa pra lá.

— Eu não acho que vou conseguir neste momento — digo. — Apenas vá em frente e me pergunte. — E desde quando ela finge ter tato?

Ela olha para o teto como se pedisse ajuda divina. — Já me arrependo de trazer isso à tona.

— Trazer *o quê*? — E por que minha pressão sempre aumenta quando ela está perto de mim?

— Certo. — Ela morde o lábio. — A misofonia torna difícil para você namorar?

Eu franzo a testa. Talvez tenha sido um erro insistir. Ainda assim, por algum motivo, sinto-me compelido a dizer: — As pessoas podem namorar sem ter que comer juntas. Existem museus. Ópera. Golfe. — Estou exagerando nas atividades que as pessoas consideram clichês de pessoas ricas?

— Você está certo — diz ela. — Desculpe.

Eu solto um suspiro. — Não. Eu sei o que você quer dizer. Imagino que seria um problema em um relacionamento sério, principalmente depois de irem morar juntos ou algo do tipo. Nenhum dos meus foi sério até agora, e pude conhecer mulheres que estão dispostas a tolerar algumas excentricidades, especialmente quando recebem presentes que envolvem diamantes.

Ela revira os olhos nessa última parte – como eu esperava que ela fizesse. Há definitivamente um traço socialista nela, ou como quer que você chame as pessoas que não gostam dos ricos.

— Então... — Ela diz com cautela. — Sua namorada atual nunca viu você comer?

Eu abaixo meu garfo. — Minha namorada atual? — Que tipo de criatura imaginária é essa?

— A mãe original de Colosso — diz ela

timidamente. — Você sabe... a mulher da videochamada.

— Angela?

Ela assente com a cabeça.

Eu rio. — Ela é minha irmã – e é de *The Witcher* que eu sou fã, não de *Guerra dos Tronos*.

As bochechas de Lilly coram mais uma vez, e eu luto contra o desejo estranho de dar um beijo em uma.

— Agora que você disse isso, faz muito mais sentido. Por que mais você adotaria o cachorro dela?

— Não me fale sobre esse último. Ela é minha irmã, mas ainda não sei por que disse sim.

Ela olha para baixo. — Eu acho que sei.

Se ela quer dizer que o cachorrinho é fofo demais para resistir, ela pode ter razão – não que eu esteja pronto para admitir isso em voz alta. Especialmente quando o pequeno encrenqueiro está ouvindo. Assim, temos o mais mimado dos cachorros.

— E você? — Pergunto.

Ela pisca os cílios grossos. — O quê?

Boa tentativa. — Ser socialista interfere na *sua* vida amorosa?

Ela bufa. — Não há muito de uma vida amorosa para falar.

Por que eu gosto do som disso?

— Nada sério? — Esclareço. — Nunca?

Espere. Eu deveria retirar isso. No trabalho, o chefe de RH me disse que essas perguntas eram inadequadas.

O pior é que ela está carrancuda – uma raridade para ela.

— Eu só tive um namorado sério — Ela diz antes que eu possa recuar. —, mas as coisas acabaram mal.

Minha comida de repente perde todo o sabor. — O que ele fez? — E, completamente sem relação, quanto os assassinos cobram hoje em dia?

Meu tom deve ser mais áspero do que pretendo porque ela recua. — Ele não me machucou ou algo assim, se é isso que você pensa. Ele tinha pavio curto, então, brigávamos muito na frente do meu cachorro, que reagiu exatamente como Colosso quando você e eu discutimos outro dia.

Sentindo uma pontada de culpa com a lembrança, jogo para o cachorro uma fatia de pepino da minha salada – que ele devora com prazer.

— Mas então — Ela continua —, quando Roach ficou doente...

— Espere — digo. —, você namorou alguém chamado Roach?

Seria uma coincidência muito legal, considerando que o cara parece alguém que eu gostaria de esmagar.

— Não. Esse é o nome do meu falecido cachorro — diz ela. — O nome do meu ex era Ennis.

Isso não soa muito melhor – já que um 'p' adicionado e um 'n' removido dá "pênis", que é como esse cara soa. Ou, mais precisamente, um pau-no-cu.

Então, isso me atinge. — Roach é uma referência ao cavalo do Witcher, certo? — Ela realmente é tão fã do jogo quanto eu sou dos livros.

Ela assente. — Então, como comecei a dizer, quando Roach precisou de cirurgia, Ennis achou que era um desperdício de dinheiro. Tivemos uma grande briga e finalmente terminei as coisas com ele.

Minha mão aperta o garfo. — Que tipo de homem coloca o dinheiro à frente da vida de um cachorro?

— Falou como um cara rico — diz ela.

— Touché. Então, o que aconteceu?

— Decidi que valia a pena gastar o dinheiro na cirurgia e, graças a isso, Roach viveu mais dois anos maravilhosos. Melhor dinheiro que já gastei.

— Vou falar com minha mãe — digo com firmeza. — Ela pode estar interessada em abrir um fundo que forneça dinheiro para pessoas que precisam dele para cuidar de um ente querido, seja ele de quatro patas ou humano.

Seus olhos se iluminam. — Boa ideia. Na verdade, li sobre a filantropia de seus pais. Acho que é uma das coisas mais admiráveis que os ricos fazem.

Karl Marx também pensava assim? Eu me pergunto o que ela pensaria sobre meu próprio projeto filantrópico – aquele que só recentemente me senti pronto para enfrentar.

Ela provavelmente vai pensar que estou me gabando, então é melhor não entrar nisso.

— Não dos meus pais, no plural — digo, em vez disso. — É minha mãe quem dirige a filantropia. Falando dos meus pais, eles estão vindo para cá. Angela também. Com o namorado *de verdade*. Que não sou eu.

— Ha ha. Mas, uau. Isso é tão emocionante.

— Falou como alguém de uma família normal.

Ela quase se engasga com o purê de batatas. — Você

acha que *minha* família é normal? Em nossa última viagem à praia, minha mãe raspou os pelos do peito de meu pai em forma de sutiã. Tipo, ele andava por aí parecendo estar usando um biquíni feito de pele de urso.

Não consigo evitar o sorriso que surge em meus lábios. — Alguns anos atrás, o melhor amigo do meu pai estava de ressaca e pediu um Tylenol. Como uma brincadeira, meu pai deu a ele uma pílula especial de quatrocentos dólares, uma que faz os excrementos parecerem feitos de ouro. — Seus olhos se arregalam, então eu continuo: — E se isso não bastasse, minha mãe construiu um pronto-socorro na casa dos meus pais.

— Espere — Lilly diz, parecendo falsamente chocada. — Você *não* tem um pronto-socorro nesta propriedade?

Agora estou sorrindo. — Você tem razão. Isso é um descuido horrível da minha parte. Se eu tivesse um ataque cardíaco, teria que ir para o mesmo hospital que *hoi polloi.*

Ela arqueia uma de suas poderosas sobrancelhas. — *Hoi polloi?*

— Significa as massas. — Ou o proletariado, como diriam os camaradas dela.

Ela estremece teatralmente. — Oh, não. Você quer dizer a gentalha imunda que vive nos noventa e nove vírgula nove, nove, nove por cento? Você não gostaria de se misturar com gente como *eles.*

— Esta pode ser uma boa continuação para algo que

vamos fazer esta tarde — digo. Inicialmente, eu iria mandá-la fazer isso sozinha, mas agora estou com vontade de participar por algum motivo.

— Vamos consumir caviar? — Ela pergunta. — Ou transformar cocô em diamantes?

Eu balanço minha cabeça. — Nós vamos ao zoológico.

— Oh. Mas, e quanto a todos os hoi polloi lá?

— Não vai ser um problema hoje — digo. — Eu reservei o lugar todo.

Ela fica boquiaberta comigo. — Por quê?

Aponto para o cachorro – que está, como sempre, sentado sob os pés e silenciosamente desejando que um de nós deixe cair um pedaço de nossos pratos. — Você disse que ele precisa se socializar com os animais.

— Animais que ele poderia conhecer na vida real, como um gato ou um esquilo. Não leões.

Eu dou de ombros. — Eu acho que se ele está bem com um leão, ele ficará calmo se encontrar um gato. E se ele não se importar em ver uma capivara, nenhum outro roedor o assustará, seja um esquilo ou um rato de Nova York.

Ela lentamente balança a cabeça. — Tudo bem, mas por que reservar todo o lugar?

Eu estreito meus olhos. — Como podemos controlar a situação se os clientes regulares estiverem lá?

— Acho que isso faz algum tipo de sentido distorcido... em um universo onde você está *tentando* gastar o máximo de dinheiro possível.

— Não deveríamos ir? — Até mesmo fazer a pergunta me deixa desapontado por algum motivo.

— Você pode obter um reembolso? — Ela pergunta.

— Claro que não. O lugar já está vazio.

— Nesse caso — Ela olha para Colosso com um sorriso cheio de dentes. —, vamos ao zoológico.

CAPÍTULO 22
LILLY

Enquanto me visto e aplico maquiagem para a viagem ao zoológico, me pego me sentindo muito animada, como se estivesse me preparando para um encontro.

Que diabos? É porque descobri que Bruce é solteiro? Ou porque ele compartilhou seus problemas de namoro comigo – supondo que você pudesse considerar o que ele me disse como "desastres"?

Reprimo um pouco meu entusiasmo, mas, ainda assim, acabo parecendo o meu melhor – e por que não? Talvez haja um tratador fofo na exibição do gorila.

Quando chego à cozinha, o chef está explicando os jantares que preparou para todos nós, incluindo Colosso. Ele até cortou um pepino para guloseimas e assou biscoitos minúsculos.

Colosso olha ansiosamente para o cooler onde suas guloseimas estão escondidas.

— Você não *acabou* de tomar café da manhã? — Bruce pergunta a ele.

Colosso desvia os olhos do cooler e encara seu humano com um olhar que derreteria os corações de Cruella de Vil, A Bruxa Malvada do Oeste e Martha Stewart juntos.

Eu quero um lanche agora. Faz séculos desde o café da manhã. Eras, eu lhe digo. Como posso esperar funcionar com o estômago tão vazio?

Bruce balança a cabeça tristemente, caminha até o cooler e pega um dos pedaços de pepino.

OK. Ele não está mais se preocupando em manter isso em segredo – ele é louco pelo cachorrinho – e isso é tão sexy quanto o boxe.

Ele provavelmente negaria se eu o acusasse de estar apaixonado pelo cachorro, mas conheço os sinais. Eu mesmo estou começando a mostrar alguns deles.

— A limusine está pronta — Johnny nos informa e pega o cooler.

Quando entramos na limusine, aponto para uma engenhoca parecida com uma sacola presa a um assento e pergunto a Bruce o que é – embora eu tenha uma teoria.

— Uma cadeirinha para o cachorro — diz Bruce, que foi o que imaginei. — Feita sob medida e testada contra colisões.

Aí está. Outro sinal de que ele adora esse cachorro.

Além disso, ele bateu em outra limusine para testar a cadeirinha do cachorro? Eu não ficaria surpresa. Se houver várias maneiras de fazer algo, Bruce escolherá a que custar mais.

Depois de amarrar Colosso na engenhoca – há tiras semelhantes a arnês e tudo – Bruce desce para o assento adjacente, me diz para "apertar o cinto" e faz o mesmo.

Presumo que ele queira que eu me sente o mais próximo possível do meu pupilo, que por acaso está ao lado de Bruce também. Então, eu ocupo aquele lugar, totalmente pronta para receber a ordem de afastar alguns assentos se Bruce exigir, porque é quase cômico para nós estarmos tão próximos em uma limusine vazia.

Não. Bruce não se importa ou está bem com a minha proximidade.

Então, novamente, não tenho certeza se estou bem com isso. Ainda estou tendo flashbacks intermitentes dele lutando boxe, além de estarmos perto o suficiente para eu sentir o calor irradiando de seu corpo poderoso e detectar o delicioso cheiro de pepino em seus dedos, o que me dá vontade de lamber...

— O quanto estou interrompendo seu currículo com este passeio? — Bruce pergunta, tirando-me do meu devaneio inspirado por hormônios.

Eu dou de ombros. — Não é como se eu estivesse ajudando Colosso a estudar para as provas finais.

Colosso deve saber que estamos falando dele porque ele abana o rabo.

Farei as finais se houver um biscoito em jogo. E pepino. E cafunés na barriga. Mas, principalmente, o biscoito.

A limusine sai e andamos em silêncio por um ou dois minutos. Tenho a sensação de que é sociável para Bruce, mesmo que pareça estranho para mim.

— O que você faz como diversão? — Eu deixo escapar e, então, instantaneamente me encolho. Apesar de nosso destino semelhante a um encontro, isso não é um encontro — mas a pergunta *é* semelhante a um encontro.

Para meu alívio, ele não me castiga por me intrometer. Em vez disso, ele franze a testa, agindo como se "diversão" fosse algo que você tem que contemplar tão intensamente quanto o significado da vida, o universo e o número quarenta e dois.

— Defina 'diversão' — Ele finalmente diz.

Eu rio com um ronco acidental. — Diversão é algo que você faz para se divertir.

— Bem... eu gosto do meu trabalho.

— Não — digo. — Gosto de treinar cães, mas não posso dizer 'trabalho' se alguém me perguntar o que faço para me divertir. Eu diria videogames. Ou jogar boliche com minha prima. Ou ir à praia para ver o pôr do sol. Esse tipo de coisas.

Ele revira os olhos. — Certo. Ler.

Eu combino com o olhar dele. — Não me diga. Deixe-me adivinhar, você gosta dos livros de *The Witcher*. Eu devo ser vidente.

— Gosto de cozinhar — diz ele a contragosto.

— Agora, isso sim — digo, mas me pergunto por que alguém com um chef particular gostaria de cozinhar. Embora talvez eu me pergunte isso porque não consigo cozinhar sequer para salvar minha vida e não gosto disso. — Algo mais?

Ele balança a cabeça. — Não tenho tempo para mais nada. Há cento e doze horas de vigília em uma semana, e eu trabalho oitenta delas. Das trinta e duas restantes, gasto sete em exercícios e cerca de vinte e uma em alimentação e outras funções corporais. Isso deixa apenas quatro horas de tempo livre, o que equivale a cerca de meia hora por dia. A maioria dos hobbies exige um maior comprometimento de tempo, mas a leitura é perfeita, assim como cozinhar quando você não precisa.

Não tenho certeza se devo zombar ou ter pena de um bilionário que se diverte tão pouco em sua vida. — Que tal passear em sua propriedade gigante? — Pergunto. — Pescar nos lagos que você possui ou andar de caiaque? Que tal assistir a filmes em seu cinema pessoal? Ou nadar – seja naquela piscina gigante que você possui ou na sua praia particular? Ou que tal...

— Sem tempo — diz ele. — Mas eu posso fazer todas essas coisas. Um dia.

Eu expiro uma respiração exasperada. — É como se todo o seu dinheiro fosse desperdiçado.

Os músculos de sua mandíbula pulsam. — Se eu *estivesse* interessado em me divertir, não teria todo esse dinheiro. — Ele gesticula em torno da limusine chique.

Eu aceno seu ponto como se fosse uma mosca irritante. — Se você não para para se divertir, de que adianta ganhar tanto dinheiro? Além disso, seus pais são ricos, então você teria dinheiro mesmo que não trabalhasse como um maníaco.

Ele zomba. — Acho que você não entendeu a diferença entre bilionários como eu e milionários como meus pais.

Eu não posso acreditar que ele disse isso com uma cara séria. — Tenho certeza de que essa diferença não é tão grande quanto a diferença entre milionários e pessoas como eu.

— Errado — diz ele. — Se você ganha um salário de classe média, pode ganhar um milhão em cerca de vinte anos. Para fazer um bilhão, levaria vinte e dois mil anos.

— Acho que encontramos seu hobby — digo. — Matemática inútil e acumular mais dinheiro do que você poderia gastar.

Ele sorri. — O proletariado voltou a falar.

— A burguesia também — Retruco bufando.

A limusine para e eu espio pela janela.

Isso não é o zoológico. Considerando onde estamos, na verdade ainda não deixamos a enorme propriedade.

— Esse é o heliporto — Explica Bruce.

Eu solto meu cinto de segurança. — O helicóptero é uma revelação inoperante.

— Desculpe ter demorado tanto para chegar aqui — diz Bruce. — Eu deveria ter construído o heliporto mais perto de casa.

— Sim, eu odeio quando tenho que dirigir até o

meu helicóptero também. O que um helicóptero tem a ver com o zoológico?

Ele sorri. — Isso nos levará até lá.

Abro o cinto do assento de Colosso. — Você percebe que acabamos de dirigir quase metade da distância que levaria para chegar ao zoológico. — Tipo, ele está levando o "faça da maneira mais cara" longe demais.

Bruce desafivela o cinto de segurança. — Não vamos ao zoológico de Palm Beach.

— Oh?

— Prefiro o de Miami. — Ele segura a porta para mim enquanto o motorista pega o cooler.

— Miami? — Sussurro para Colosso. — Eu estava meio que esperando que ele dissesse que estamos indo para o Zoológico de Chihuahua, no México.

Saindo do carro, dirigimo-nos ao helicóptero onde já está um piloto à espera.

— Colosso já voou? — Pergunto a Bruce enquanto nos sentamos.

— Algumas vezes — diz Bruce. — Acho que ele gosta.

Huh. Devo admitir que sou uma virgem de helicóptero?

Não.

Eu apenas prendo e engulo meu coração superexcitado de volta na minha garganta.

Os motores rugem e decolamos.

O barulho é tão ensurdecedor que não é possível falar - não que eu me importe, já que tudo o que quero fazer é ficar boquiaberta com a paisagem gloriosa abaixo.

Para minha surpresa, Bruce pega o Nintendo Switch e começa a jogar *The Witcher 3*.

Muito mal-acostumado? Mesmo se eu tivesse pilotado este helicóptero mil vezes, ainda gostaria de olhar pela janela – e sou a maior fã desse videogame.

Muito cedo, o helicóptero pousa em um estacionamento vazio que não é um heliporto. Sem dúvida, apenas pessoas como Bruce têm permissão para fazer algo assim.

Soltando-nos, deixamos nosso passeio chique para trás e seguimos para a entrada do zoológico.

Eu ando com Colosso na coleira, e ele já deve sentir o cheiro dos animais próximos – porque ele abana o rabo com entusiasmo.

Antes que possamos entrar no zoológico propriamente dito, um senhor desgrenhado e de aparência austera cruza nosso caminho, sua expressão de desaprovação quase palpável.

— Sr. Roxford? — Ele meio que pergunta, meio que afirma.

— Sim. — Bruce estende a mão. — E você é?

— Eu sou o *Doutor* Smith. — Ele agarra a mão estendida como se quisesse mantê-la. — Segundo o presidente, você precisa de alguém com doutorado em zoologia para o seu pequeno encontro?

Pequeno encontro? Isso deveria ser eu? Além disso, espero que o "presidente" seja o responsável por este zoológico, não este país.

Bruce solta a mão do estranho aperto de mão. — Com licença?

O Dr. Smith franze o nariz em forma de botão. — Eu estava tentando dizer que tenho coisas mais importantes a fazer do que ser um guia turístico glorificado.

Nunca vi um caso pior de ter atitude com a pessoa errada. A expressão de Bruce fica praticamente ártica, e eu meio que espero que gotas de água se condensem em sua pele, como em uma lata de refrigerante recém-saída da geladeira.

— Houve um mal-entendido — diz Bruce, cada palavra pingando nitrogênio líquido. — Não precisamos da ajuda de um imbecil pomposo.

Como se estivesse tentando pontuar as palavras, Colosso rosna para o Dr. Smith – sem dúvida percebendo a atitude de Bruce.

— Você vai levar esse rato peludo para o zoológico com você? — Dr. Smith pergunta, parecendo chocado.

Colosso olha para Bruce, depois para mim – claramente inseguro se deveria transformar o rosnado em um latido neste momento.

Eu não sou um rato. Eu nunca trairia meus camaradas, nem por um pepino... Talvez nem por um biscoito.

— Olha, senhor — digo, imaginando que é melhor impedir Bruce de nocautear esse idiota e depois ter que pagar um acordo de sete dígitos mais tarde. —, você disse que está muito ocupado – ótimo! Por que não vai fazer o que precisa fazer? Se foder seria preferível, mas não sou exigente.

— Certo. Apenas não entre em nenhum dos habitats — diz o Dr. Smith com sarcasmo. — E não deixe essa coisa fora de sua vista, ou algo vai comê-la. — Ele aponta para Colosso.

— Super útil — digo, revirando os olhos. — Agora, que tal você ir limpar merda de gorila – ou o que quer que você faça aqui?

A expressão de Bruce aquece instantaneamente. Ele pega um dos micro biscoitos que o chef preparou e dá para Colosso. Assim, Colosso perdoa tudo – e esquece.

Com um bufo, o Dr. Smith se vira e se afasta, sem surpresa, andando como se tivesse uma vassoura enfiada no cu.

— Depois de você — diz Bruce, gesticulando para que eu e Colosso entremos primeiro.

Nós o fazemos e, apesar de um começo um pouco irritante, sinto que estou ficando animada.

A empolgação fica mais forte quando Bruce revela que alugou um veículo que é uma mistura de bicicleta e carrinho de golfe para duas pessoas para que possamos pedalar pelo zoológico em vez de caminhar.

— Por quê? — Pergunto.

— Você sabe o quanto Colosso gosta de marcar seu território? — Ele pergunta.

Eu concordo.

— Não iremos longe se atravessarmos o zoológico a pé, mas isso deve ajudar. Você se importa?

— Claro que não — Respondo, e é quase verdade. Se eu me importasse, seria por causa da sensação de encontro desse meio de transporte. Ou talvez *romântico* seria uma palavra melhor?

— Ótimo. — Bruce protege Colosso no compartimento do carrinho que geralmente é destinado a crianças. — Você quer dirigir?

Eu graciosamente tomo o lado do carrinho que tem um volante falso. — Já que você está pagando, pode muito bem começar a dirigir.

Então, novamente, ele geralmente é conduzido por motorista em todos os lugares, então talvez...

Não.

Eu posso dizer que ele está animado por estar no comando. De que outra forma explicar a maneira entusiasmada como ele começa a pedalar, movendo o carrinho sem minha ajuda?

Começo a ajudá-lo depois de um minuto, mas paramos logo, ao lado de uma exposição que parece vazia a princípio – com apenas um fosso cercando uma ilha com um templo indonésio no centro.

O narizinho de Colosso se torna hiperativo, então, há claramente um animal a ser cheirado, se não visto.

E então, eu localizo um.

Um tigre.

CAPÍTULO 23
BRUCE

A o ver o gato gigante, Lilly fica tensa, mas Colosso apenas encara a máquina de matar com uma curiosidade que normalmente reserva para brinquedos de pelúcia, aspiradores de pó robóticos e sapatos novos.

Nota para mim mesmo: se eu for a um safári, o cachorro não irá porque pode querer cheirar a bunda de um tigre, se tiver a chance.

Saindo de seu devaneio, Lilly recompensa o comportamento frio de Colosso com uma guloseima. Então, seguimos em frente, parando apenas quando avistamos um crocodilo por perto.

Desta vez, Colosso parece um pouco perturbado com o que vê, o que provavelmente é o melhor, já que a Flórida está repleta de primos crocodilos dessa criatura, e poucos Chihuahuas sobreviveriam tentando fazer amizade com um deles. Então, como se tentasse provar o quão ruim ele é em diferenciar animais perigosos de benignos, Colosso late para a anta malaia.

— Eu sei, querido — Lilly diz suavemente. — Essa coisa precisa decidir se é um porco ou um comedor de formigas.

De alguma forma, suas palavras acalmam o cachorrinho e, assim que ele fica quieto, ela reforça o comportamento com um biscoito.

— Na verdade, as antas são parentes de cavalos e rinocerontes — Não posso deixar de dizer.

Lilly mostra sua pequena língua para mim. — E aqui eu pensando que me livrar do Dr. Smith significaria que iríamos pular palestras chatas.

Caralho. Eu poderia proibi-la de fazer isso de novo, e qualquer outra coisa envolvendo aquela língua deliciosa, especialmente enquanto eu estou tentando pedalar? Veículos pedalados e tesão definitivamente não combinam.

Nossa, má ideia. Na melhor das hipóteses, eu poderia solicitar educadamente. Mas como ela é do contra, seria como dar um biscoito a ela. Ela apenas faria mais.

Colosso começa a latir novamente, desta vez para um orangotango.

— Silêncio — Lilly diz a ele suavemente. Para mim, ela diz com um sorriso: — Não que você possa culpá-lo. Ele provavelmente pensa que é o seu chef, nu.

Eu começo a rir. Agora que Lilly apontou, a semelhança é incrível.

Ouvir-me rir parece acalmar o cachorro, e Lilly dá a

ele uma guloseima novamente antes de passarmos para a exibição com o urso-preguiça.

Claro. Colosso abana o rabo para o urso.

— É possível que ele seja esperto o suficiente para bajular animais perigosos? — Eu pergunto a Lilly. — E incomodar apenas aqueles que não podem comê-lo?

— Tenho certeza de que o chef, quero dizer, o orangotango, pode ser um perigo para um cachorro do tamanho de Colosso.

Prosseguimos, e Colosso prova que minha teoria está errada quando fica feliz em ver os suricatos, mas late para um elefante. Ao redor do recinto do leão, ele abana o rabo, mas também o faz para um camelo.

— Talvez ele decida sua atitude com base no cheiro? — Murmuro. — Ou nas formas das nuvens acima de nós?

Lilly gesticula à distância. — Essa próxima parada deve ser interessante.

Ela está certa. No habitat seguinte, avistamos cães africanos pintados.

Huh. Eles devem cheirar como um cachorro comum para Colosso querer cheirar suas bundas, e ele parece desapontado quando não tem permissão para fazê-lo.

Pedalamos até o próximo habitat, um com hienas.

Colosso começa a rosnar.

Lilly o acalma. — Eu sei, querido. Ninguém gosta deles, desde que ajudaram Scar com seus planos malignos contra Simba e Mufasa.

Mas as hienas não se redimiram um pouco quando despacharam Scar no final?

Seja qual for o motivo para não gostar deles, depois das hienas, Colosso parece estar de mau humor e late para gazelas, depois antílopes, seguidos por órix e ádax.

— Talvez ele não goste deles por causa de todos aqueles chifres — Lilly diz com um sorriso largo. — Pense nisso: eles são grandes e galhudos.

Eu rio e não acrescento que, pela lógica dela, Colosso também deveria latir para mim, já que sou bem grande, e estar perto de Lilly me deixa com um galho imenso entre as pernas, como um adolescente que acabou de descobrir a internet.

À medida que avançamos, parece haver ainda menos lógica para os gostos e desgostos de Colosso. Ele fica feliz em ver o hipopótamo pigmeu, mas não o rinoceronte preto, late para os gorilas, mas fica feliz em ver os chimpanzés – embora estes últimos pareçam estar brincando de batata quente com suas fezes. Depois disso, ele abana o rabo ao avistar as girafas, mas rosna para o primo próximo delas, o ocapi.

Continuamos assim até chegarmos às tartarugas gigantes de Galápagos – que por acaso estão transando com os miolos umas das outras enquanto nos aproximamos.

Corando, Lilly pigarreia. — Bem, então. Isto é estranho.

Sim. Elas parecem dois tanques em câmera lenta, e o cachorro parece fascinado pelo espetáculo, enquanto eu sinto inveja.

— Eles estão demorando um pouco — Lilly diz depois de ficarmos ali fascinados por pelo menos alguns minutos. — Eles devem estar praticando o tantra da tartaruga.

— Eles são os vertebrados terrestres de vida mais longa — digo. — Faria sentido se o coito deles também fosse o mais duradouro.

Colosso boceja – provavelmente ficando entediado com os répteis excitados. Eu nos dirijo até a próxima atração, que por acaso é a águia real.

A reação de Colosso é completamente neutra, como se o pássaro nem existisse.

— Você acha que ele está ficando cansado de ver tantos animais ao mesmo tempo? — Pergunto.

— Provavelmente — Lilly diz. —, e está chegando perto da hora do jantar.

Ela está certa. Acelero e nos dirijo até um pequeno local perto de um riacho onde nosso piquenique já está montado.

— Uau — Lilly diz quando vê. — Isso é muito legal.

Se por legal ela quer dizer desnecessariamente romântico, então, eu teria que concordar. Para mim e Lilly, há um cobertor aconchegante na grama com vinho e um verdadeiro buffet de canapés. Para Colosso, há um espaço fechado por um portão de bebê coberto por uma rede (para proteger de aves de rapina) e uma variedade de alimentos misturados espalhados sobre tapetes para lamber, para estimular seu paladar por pelo menos alguns minutos.

Sentando-me, pego um croquete de truta defumada e faço um gesto para que Lilly se junte a mim. Ela obedece e, enquanto ela devora uma tâmara recheada com queijo de cabra, faço o possível para não olhar muito para sua boca, por mais fascinante que seja.

— Tudo bem? — Ela pergunta, parecendo constrangida. — Eu prometo que vou mastigar o próximo pedaço um pouco mais.

Eu olho para ela com uma expressão confusa, até que me atinge. — Você quer dizer minha misofonia?

Ela assente com a cabeça.

— Eu esqueci completamente sobre isso — digo, impressionado. — A primeira vez que isso aconteceu.

CAPÍTULO 24
LILLY

Sua confissão me faz sentir mais especial do que os Boinas Verdes – e não pela primeira vez.

Ainda assim, por precaução, pego o menor tomate recheado e como mastigando o mínimo possível. Então, principalmente para desviar sua atenção da minha alimentação, pergunto: — Quando você disse que um bilhão é uma quantia muito maior do que um milhão, comecei a me perguntar... Por que você precisa de tanto dinheiro, em primeiro lugar?

Ele considera isso sobre um crostini. — Eu sei que você acha que há desigualdade de renda aqui nos Estados Unidos, e não vou discutir esse ponto, mas se você olhar para o mundo como um todo, é aí que uma desigualdade muito maior entra em jogo – e eu tenho vontade de fazer algo sobre isso. Fazer algo, no entanto, requer riqueza na casa dos bilhões, em vez de milhões.

Estou sem palavras. O cara que eu pensei ser o equivalente humano do Tio Patinhas realmente se importa com a desigualdade de renda? — O que exatamente você vai fazer? — Eu me pego perguntando.

Ele me diz. Sua explicação é meio técnica, mas, pelo que pude entender, em breve ele lançará uma criptomoeda no mundo, que permitirá que pessoas que não têm acesso a bancos paguem eletronicamente onde não podiam antes. Mais importante, a criptografia permitirá que indivíduos ricos doem dinheiro diretamente para as pessoas – algo que Bruce está planejando ser pioneiro.

— Mas já não existe criptomoeda? — Pergunto. — Bitcoin e similares?

— A minha será mais ecológica — diz ele. —, e espero que mais estável.

— Uau — digo. — Isso coloca seu vício em trabalho sob uma luz quase angelical.

— Bem, então eu deveria lhe dar a revelação completa — diz ele. — Espero que, no final, acabe ficando ainda mais rico – supondo que não decida doar a nova quantia que ganharei com esta iniciativa.

— Como?

Ele passa a explicar, mas eu apenas entendo vagamente e estou muito envergonhada para admitir isso.

— E você? — Ele pergunta quando termina de falar no jargão criptográfico. — Você tem um grande objetivo que está tentando realizar?

Não tenho certeza se é o dia legal que passamos juntos, ou o fato de nos sentir vibrando de uma maneira importante, ou a lembrança daquele beijo, mas coloco todas as minhas cartas na mesa – ou melhor, cobertor. — Quero treinar cães de serviço.

Franzindo a testa, ele interrompe o caminho de um minúsculo sanduíche de pepino que estava entrando em sua boca. — Eu pensei que é isso que você faz *agora*. Você não me contou sobre treinar o cachorro de sua prima para farejar infertilidade?

— O cachorro cheira quando alguém *está* fértil e, sim, eu fiz isso, mas esse foi meu único cão de serviço até agora. Desculpe se fiz parecer que treinei mais. Com o dinheiro deste trabalho, pretendo frequentar uma escola especializada e obter um monte de certificações.

Ele assente com aprovação. — Deixe-me saber se você precisa de algum dinheiro adiantado para pagar a referida escola e coisas do gênero. Além disso, agora que Colosso está socializado, posso fazer com que alguém da casa o observe enquanto você estuda por algumas horas por dia.

Por Anúbis, se ele vai experimentar ser legal, e durante um piquenique tão romântico, não posso ser responsabilizada por minhas ações (ou calcinha saindo).

— Ah, e se você *puder* pensar em uma especialização de cães de serviço para Colosso, eu ficaria muito interessado em ouvi-la — Acrescenta ele.

A ideia me vem num piscar de olhos. — E a sua misofonia?

Merda. Meu lembrete estúpido parece evaporar seu bom humor. — Como um cachorro pode ajudar com isso?

— Você me diz — digo. — Ele pode fornecer apoio emocional quando você precisar, ou eu posso ensiná-lo a latir para qualquer um pego mastigando perto de você. Dessa forma, você não é o único incomodado por um som irritante.

Ele se anima. — Você poderia ensinar isso a ele?

Eu concordo. — A comida já chama a atenção dele e sabemos que ele pode latir, por mais cedo, então combinar os dois não deve ser tão difícil.

Um brilho malicioso aparece em seus olhos. — Com que rapidez você pode fazer isso?

Eu dou de ombros. — Para quando você precisa que seja feito?

— Amanhã — diz ele.

— Por quê?

Ele suspira. — Minha família não respeita muito a minha condição. Pode ser bom se Colosso policiar o comportamento deles.

Há muita informação contida nessa declaração, mas não tenho tempo para psicanalisar no momento. Estou tentando freneticamente descobrir o regime de treinamento mais eficiente... e não consigo. Não, a menos que... — E se trapacearmos?

Bruce arqueia uma sobrancelha.

— Eu poderia ensiná-lo a latir quando ele perceber

um comando gestual — Explico. — Você poderia então fazer o gesto furtivamente se alguém comer perto de você – mas poderíamos dizer que ele está latindo porque é um cão de serviço misofonia.

Minha recompensa é um daqueles raros sorrisos que transformam seu rosto no epítome da beleza. — Que tal isso como um gesto? — Ele massageia a têmpora com o dedo indicador direito.

— Acho que poderia fazê-lo latir em resposta a isso muito rapidamente. Possivelmente ainda esta noite. Eu só preciso saber o que atualmente o faz latir para que eu possa marcar o comportamento.

— Esfregar álcool — diz ele. — Eu apliquei um pouco depois de me cortar ao fazer a barba uma vez. Ele estava latindo como se eu fosse um gorila.

— Ele deve odiar o cheiro — digo com um polegar para cima.

— Foi o que eu imaginei.

Pego uma quesadilla em miniatura e ele faz o mesmo – e nossos dedos se roçam.

Uau. Deve ser assim que o monstro de Frankenstein se sentiu logo após aquele choque reanimador de um raio.

Quesadilla esquecida, nós nos inclinamos um para o outro, puxados por qualquer energia que nossos dedos acabaram de trocar.

Umedeço meus lábios. Ele me observa avidamente, então abaixa a cabeça. Assim que nossos lábios se tocam, há um ganido canino.

Nós nos separamos como dois ímãs com polaridades invertidas.

Corando, eu me viro e vejo que – sem surpresa – os sons lamentáveis estão vindo do recinto de Colosso. Ele deve ter terminado seus tapetes de lamber, nos viu indo para o beijo e se sentiu deixado de lado.

— Ele provavelmente quer ir para casa — diz Bruce.

Sim. Claro. O cão quer ir para casa, não o pai que mais uma vez se arrepende de quase ter beijado "a ajudante".

Eu toco meus lábios insatisfeitos. — Ótimo. Isso deve me dar mais tempo para o treinamento dele.

Bruce fica de pé e estende a mão para me ajudar a levantar. Fingindo que não vejo o membro oferecido, levanto-me sozinha e tiro Colosso do recinto e coloco-o em seu arnês.

Não conversamos muito na viagem de volta ao helicóptero, e o barulho durante o voo não nos deixa interagir no caminho de volta para a propriedade.

— Você tem álcool isopropílico aqui? — Pergunto a Bruce quando entramos na limusine. — Quero ter uma vantagem inicial no treinamento. — E se isso significar que não teremos que conversar ou nos sentir tentados a nos beijar, melhor ainda.

Ele remexe no kit de primeiros socorros, mas descobre que tem uma pomada antibiótica em vez de álcool para desinfetar. Correndo até o bar, ele pega uma garrafa de Absolut Crystal e pergunta a Colosso: — Você late para a vodca?

Colosso abana o rabo. Sem dúvida, a pergunta que ele ouviu foi: "Quer um biscoito?"

— Vamos testar, — Eu preparo um biscoito. — Abra a garrafa, mergulhe um guardanapo nela e deixe-o cheirar.

Quando ele está quase terminando a preparação, acrescento: — Coloque o dedo na têmpora para que ele possa ver.

Bruce deixa Colosso cheirar a vodca. O cachorro late.

Esse cheiro é uma afronta à percepção olfativa – e isso vem de quem se deleita com o aroma de bunda madura.

Tardiamente, Bruce toca sua têmpora e eu dou um biscoito a Colosso.

— Agora tente apenas a parte da têmpora — digo.

Bruce faz, mas ainda não está funcionando, então, envolvemos a vodca novamente e mais algumas vezes depois disso.

No final do passeio de limusine, Colosso começa a entender o que estamos tentando fazer e às vezes late quando Bruce toca sua têmpora.

— Vamos trabalhar mais nisso pelo resto do dia — digo quando paramos.

— Sim — diz Bruce imperiosamente. — Faça isso.

— Pronto para encerrar a noite? — Pergunto a Colosso quando me pego bocejando pela décima vez.

Ele inclina a cabeça e me dá olhos de cachorrinho.

Claro, mas posso solicitar sonhos em que como biscoitos?

— Não olhe para mim assim — digo quando a tristeza nos ditos olhos de cachorrinho se intensifica.

— Certo. Que tal mais um, mas o último? — Eu coloco meu dedo na minha têmpora.

O cachorrinho late triunfante e aceita com orgulho sua guloseima. Ele agora domina totalmente esse truque e está pronto para aprender a latir em diferentes condições.

Eu verifico o relógio.

Já passou da hora de dormir.

— Vá dormir. — Aponto para a pequena réplica da cama de Bruce que alguém tão prestativamente trouxe enquanto estávamos no zoológico. — Este é o seu novo quarto.

Colosso caminha para cheirar a cama, então agarra a roupa de cama com os dentes e começa a arrastá-la – sem sucesso.

Talvez ele queira mais longe da parede? Eu movo a cama um pouco, mas o comportamento de arrastar não para.

Esquisito. É algum ritual ou uma maneira estranha de se esconder? Talvez ele esteja querendo acomodar a cama? Roach transava na cama de vez em quando. E o puff ao lado da minha poltrona reclinável. E a vassoura.

Deixando Colosso para fazer o que quer que ele esteja fazendo, eu tiro a roupa, pego minha camisola e vou para o banheiro tomar um banho. Enquanto a água morna atinge minha pele, fecho os olhos, mas isso faz com que algumas imagens indesejadas entrem em minha mente, envolvendo Bruce, seus lábios e outras partes do corpo.

Não tem jeito. Assim que for para a cama, vou liberar um pouco dessa tensão sexual com um dos meus brinquedos.

Com plano em mente, saio do chuveiro, me seco e coloco a camisola – então lembro que ainda não escovei nem passei fio dental. Estou no meio da escovação quando ouço um gemido de partir o coração que soa estranhamente como o choro de um bebê.

Engolindo pasta de dente, corro descalça para ver o que há de errado.

Parecendo miserável, Colosso se senta ao lado de sua cama, choramingando.

— Estou aqui — digo a ele suavemente. — Vá dormir.

Ele não escuta, e nada do que eu tento funciona – desde esfregar a barriga até coçar atrás da orelha.

Hora do armamento pesado. Pegando-o, eu o levo para minha cama. Se isso for um grande não-não para Bruce, ele pode me castigar por isso mais tarde.

A choradeira continua. Começo a suspeitar do que Colosso quer – a pista é que seu focinho aponta infalivelmente para a porta.

— Você quer papai? — Pergunto.

Ele choraminga novamente.

— Ele provavelmente já está dormindo — digo. —

Ele ficaria mal-humorado se o acordássemos. — Ou assassino.

Outro gemido.

— É sério. Alguma chance de você esperar até amanhã?

Não. O cachorro parece inconsolável.

Ah, bem. Minhas chances de ser demitida dispararam. Deslizando meus pés descalços em chinelos, pego Colosso em uma mão e sua cama na outra e atravesso a mansão – que parece ter crescido apenas para esta ocasião.

Quando chego ao quarto de Bruce, estou ofegante e há gotas de suor em minhas têmporas. Pelo lado positivo, Colosso fica quieto, confirmando minha teoria.

— Por favor, comporte-se — Imploro ao cachorrinho. — Minha melhor aposta é entrar furtivamente com você e sair antes que Bruce acorde.

Rezando para a porta não ranger, eu abro apenas um pedacinho.

Bobagem.

Está escuro como breu em comparação com o corredor.

Fecho os olhos e desejo que eles se ajustem à escuridão. Ao mesmo tempo, acaricio Colosso e espero que ele não reclame tão perto de seu objetivo.

Minha estratégia compensa. Quando abro os olhos, posso ver o quarto bem o suficiente para entrar sorrateiramente.

Canalizando meu ninja interior, prendo a respiração e vou na ponta dos pés até a antiga localização da cama de cachorro.

OK. Estou lá e não fui detectada até agora.

Colocando a cama no chão, coloco Colosso nela.

Sim! Eu fiz isso, e Bruce não sabe de nada – até amanhã de manhã, quero dizer.

Entro no modo furtivo mais uma vez e me viro em direção à porta. É quando uma gota de suor na minha têmpora direita começa a ficar insuportável e eu distraidamente a limpo.

Colosso late.

Merda.

Eu sou uma idiota. Acabei de passar horas treinando-o para latir quando ele vê a têmpora de alguém sendo tocada e, inadvertidamente, dei a ele o comando.

— Alexa, luzes do quarto acesas! — Bruce grita – e eu tenho uma sensação de déjà vu quando fico cega por um momento.

Voltando-me para o meu destino, eu aperto os olhos contra a claridade acima – e meus olhos ameaçam saltar da minha cabeça e crescer línguas para que possam lamber um pouco do que estão vendo.

Sem absolutamente nada, Bruce está quase em cima de mim, seu olhar no seu melhor gelo, cada músculo ondulando, e Titã totalmente ereto, projetando-se como o dedo indicador de um gigante.

Impulsionada pela pura adrenalina, dou um passo

para trás e depois mais um... que é quando piso na beirada da cama de Colosso e perco o equilíbrio.

Minhas mãos começam a se debater.

Oh, não. Se eu cair sobre o cachorrinho, vou machucá-lo. Então, faço a única coisa que posso para salvá-lo – me deixo cair para a frente, bem na direção de Bruce.

CAPÍTULO 25
BRUCE

Vejo Lilly se debatendo e quase consigo imaginar sua cabecinha batendo no chão – e o dano que isso causaria.

Não. Não no meu turno. Com a adrenalina aumentando a capacidade dos meus músculos a níveis que eu não achava possível, eu pulo para frente e consigo pegá-la em meus braços bem a tempo.

Mesmo assim, posso dizer que ela perdeu o ar, mas isso não é nada comparado ao pesadelo que poderia ter sido. Na verdade, quando penso nisso, o pronto-socorro da casa da minha mãe não parece mais tão frívolo.

Vou construir um. Primeira coisa amanhã.

Recuperando o fôlego, Lilly pisca para mim, seus olhos castanhos tingidos de verde assustados e suas sobrancelhas tão animadas que, se elas começassem a falar em código Morse e provassem ser independentes, eu não ficaria surpreso.

— Você me pegou — Ela suspira.

— Por muito pouco. — E como não tenho certeza se ela cairá de novo se eu a colocar de pé, em vez disso a carrego até minha cama. Quando ela está esparramada com segurança no colchão, pergunto: — Você está bem?

Ela assente com a cabeça.

— Você toma drogas? — Questiono.

Ela pisca os cílios para mim. — Drogas?

Eu aceno para Colosso, que já está dormindo profundamente, como se seu treinador não tivesse quase quebrado seu crânio. — Trazer o cachorro aqui. Perder o equilíbrio. Drogas e álcool são as explicações mais benignas que vêm à mente. Pelo que sei, você não tem vertigem ou...

— Acabei de tropeçar — diz ela, olhando para qualquer lugar, menos para mim. — Você estava lá, nu, então eu tropecei.

— Oh. — Percebo que ainda estou nu e que isso não é socialmente aceitável, principalmente porque meu pau ainda está...

— O cachorro estava sentindo sua falta — diz ela com confiança crescente. — Ele começou a choramingar, então eu o trouxe aqui. Se você vai começar...

— Obrigado. Não gosto quando ele está triste. — Agora que sei que ela não está prestes a ter uma overdose e está segura, eu vejo sua roupa, ou a falta dela, e imediatamente me arrependo de ter feito isso porque minha ereção se torna quase dolorosa em sua intensidade.

Ela trava os olhos comigo. — Você se *importa*. — Como se para destacar suas palavras, ela escaneia arbitrariamente meu corpo nu enquanto um rubor se espalha de suas bochechas e profundamente em sua camisola.

Por que ela me atrai assim? É como se ela fosse um biscoito e eu fosse meu cachorro. Sem querer, meus lábios formam três palavras. — Eu me importo.

E é isso. É como se uma represa se rompesse. Ela arqueia em minha direção e eu diminuo a distância restante em um piscar de olhos. Então, minha boca devora a dela, e é tão deliciosa quanto antes, só que mais crua e apaixonada.

Mas não. Eu me afasto. — Não podemos.

Seus lábios se abrem, todos tentadores e rosados. — Por que não?

Por onde eu começo? — Você trabalha para mim.

Ela zomba. — Eu não poderia me importar menos.

— Há também...

— Eu sei que você quer. — Ela olha para o meu pau.

— Querer? Eu preciso de você, mas...

Ela balança a cabeça com veemência. — Sem desculpas.

Caralho. Eu a beijo novamente, e não apenas seus lábios, mas também seu pescoço deliciosamente minúsculo, sua clavícula delicada, seu ombro delicado... Respirando com dificuldade, eu me afasto para dar a ela uma chance de voltar a si – mas ela desliza para fora de sua camisola em vez disso.

— Uau — Murmuro com reverência. — Você é linda.

— Você também — Ela sussurra, e então ela faz a coisa mais sexy que eu já vi na minha vida – perdendo apenas para suas poses de ioga e aquele treinamento de coleira que ela me fez passar.

Ficando de quatro, ela rasteja até a cama, perto de onde estão meus travesseiros, sua bunda empinada tão perto da perfeição quanto as coisas podem estar fora do reino da matemática pura.

Ela percebe o que está fazendo? Meu batimento cardíaco está batendo forte em minhas têmporas e minhas narinas dilatam como as de uma fera.

Por cima do ombro, ela murmura: — Você tem proteção?

Quase arrancando uma gaveta do encaixe, pego uma camisinha na mesa de cabeceira. — Você tem certeza disso? — Minhas palavras são um rosnado baixo.

— Positivo. — Ela abre ligeiramente as pernas, dando-me um vislumbre do rosa.

Porra. Vou explodir. Os próximos segundos são borrados, provavelmente porque meu pau está monopolizando todo o sangue, deixando pouco para o meu cérebro. Puxando-a para mim, beijo meu caminho por seu corpo até chegar à boceta rosa que vislumbrei, e então me perco nela, lambendo suas dobras como se fosse minha última refeição.

Ela geme, me estimulando, e eu deslizo um dedo dentro dela para sentir o calor aveludado com o qual tenho sonhado desde que nos conhecemos.

Ah, merda. Ela é melhor do que nos meus sonhos. Tudo o que quero fazer é entrar nela, mas resisto. Eu devo tê-la gozando assim.

Seus gemidos se tornam mais desesperados.

Sim! Estou prestes a desistir.

Hora de voltar. Reunindo os fragmentos rapidamente desfeitos do meu autocontrole, descanso minha língua no pequeno broto de seu clitóris e pressiono a mesma região com meu dedo por dentro.

Seus gemidos se transformam em gritos, e então seu corpo treme enquanto sua boceta aperta meu dedo.

Seu orgasmo desbloqueia algo primitivo dentro de mim. Capturando seu olhar, puxo meu dedo e lambo cada gota dela.

— Eu quero você dentro — Ela respira enquanto rasga a embalagem da camisinha e envolve meu pau.

Com algo como um rosnado, eu a pego e a coloco do jeito que eu quero – de quatro, assim como quando ela rastejou para mim.

Ela estende a mão, agarra meu pau e o guia para a terra prometida enquanto eu agarro suas nádegas com força.

Leva toda a minha força de vontade para empurrar lentamente. Uma vez. Duas vezes. Então, quando sinto que ela está cedendo, eu mergulho nela com tudo o que tenho.

— Sim! — Ela grita.

Eu quase gozo ali mesmo. Mas não. Impossivelmente, eu acelero, empurrando como se nossas vidas dependessem de eu ficar mais fundo e mais forte, como se esta fosse a minha razão de ser.

Ela geme-grita, suas mãos enrolando os lençóis.

Eu grunho de prazer, pairando na beira.

Seu próximo gemido soa como se ela estivesse com dor, e então seus espasmos de boceta ao meu redor, desencadeando uma reação em cadeia que me faz explodir com a força de uma bomba atômica.

Ofegante, ela cai na cama, de bruços, cada músculo relaxado.

Eu me acomodo ao lado dela, tentando recuperar o fôlego.

Uma névoa sonolenta pós-coito me atinge com força. Suprimindo um bocejo, abraço Lilly como se ela fosse um ursinho de pelúcia – em grande parte para ter certeza de que ela ainda está aqui. Ainda real. Para ter certeza de que o que acabou de acontecer entre nós não foi uma repetição do meu sonho molhado recorrente com tema de Lilly.

Mas não. Ela é extremamente real. O cheiro delicioso de seu cabelo, o calor luxuoso de sua pele – meu cérebro adormecido é simplesmente incapaz de detalhes tão requintados.

Eu finalmente perco minha luta contra aquele bocejo, e ela o repete, então se derrete em meus braços enquanto sua respiração se torna mais lenta e uniforme.

Ela está dormindo, é meu último pensamento antes de eu também desmaiar.

CAPÍTULO 26
LILLY

A cordo e me recuso a abrir os olhos. Assim, posso me permitir um segundo para acreditar que tudo o que aconteceu foi um sonho. Então, novamente, a realidade é difícil de negar. Por exemplo, por que estou dolorida de maneira tão reveladora? E o que há com a masculinidade dura tão perto de mim – para não mencionar o cheiro característico de Bruce?

Eu suspiro. Não há como evitar. Pisco, abro os olhos e surpresa, surpresa: estou enrolada em Bruce como uma jiboia.

Não há mais dúvidas. Realmente aconteceu. Eu dormi com meu chefe inimigo, e foi incrível.

Na verdade, não é mais justo vê-lo como meu inimigo. Meus pais não estão chateados com o banco dele. Na verdade, eles pareciam quase gratos pelo adiamento e outras coisas. Além disso, ele está trabalhando em um projeto que ajudará tantas pessoas e, quase tão importante para mim, ele realmente ama Colosso.

Ainda assim, ele *é* meu chefe. Isso é inegável. Então, novamente, não é como se este fosse um ambiente corporativo onde as pessoas possam pensar que estou recebendo promoções por dormir com ele. Eu sou a única treinadora de cães aqui. E é um show temporário. Assim que Colosso aprender tudo o que tenho para ensinar, vou embora.

Meu coração aperta dolorosamente. Não gosta nem um pouco dessa ideia.

Devo pensar em outra coisa. Por exemplo, houve algo que aconteceu ontem à noite que também não era consistente com o fato de sermos inimigos – Bruce parecia muito chateado com a ideia de eu me machucar. Ou ele estava apenas relutante em ser processado?

Não. Ele tem dinheiro suficiente para ser processado por um milhão de 'eus'.

OK, então se não somos inimigos, o que somos? Um caso de uma noite? Provavelmente. Mas, só hipoteticamente, poderíamos ter mais do que um relacionamento entre empregado e chefe?

É assustador como isso é fácil de imaginar. Quero dizer, não provoco sua misofonia, que parece enorme. E o sexo é de outro mundo – e eu poderia dizer que ele sentiu isso também. Amamos o mesmo cachorro e somos loucos por *The Witcher*, mesmo que em formatos diferentes. Ele é brutalmente honesto e eu odeio mentiras – o que funciona bem. Não consigo cozinhar nem sob a mira de uma arma, mas ele tem um chef e gosta de cozinhar ainda por cima. Também...

O toque alto de um telefone me puxa de volta à terra.

Bruce acorda e pega a coisa irritante. — Alô? — Seu tom implica: — É melhor que seja importante. Aqui? — Ele pergunta. — Já?

Desligando, ele xinga criativamente, então se vira para mim. — Por alguma razão insondável, meus pais pegaram o voo noturno. Acabaram de passar pelo portão de segurança.

Hmm... Isso significa que agora seria um mau momento para perguntar a ele o que a noite passada significou para ele? Supondo que eu possa descobrir o que isso significou para mim primeiro.

Bruce pula da cama e corre para se vestir. Eu faço o mesmo. Enquanto estou vestindo minha camisola, isso me atinge. — Eu não andei com Colosso no meio da noite — digo culpada. — Ele provavelmente fez à noite.

— Não. Eu andei com ele — diz Bruce enquanto abotoa a camisa.

— Você andou?

Ele concorda. — Aconteceu de eu acordar para ir ao banheiro por volta das três.

— Você deveria ter me acordado. É o meu trabalho e tudo.

Ele me dá um olhar inescrutável. — Você estava dormindo profundamente.

— Você me observou dormir? — E por que isso é sexy em vez de assustador?

— De qualquer forma — diz ele —, se você o tivesse levado, ele poderia pensar que você estava tentando mantê-lo longe do meu quarto e ficaria chateado de novo.

Eu mordo meu lábio. — Isso é bastante plausível.

— Vou cumprimentar meus pais — diz Bruce e se dirige para a porta. Por cima do ombro, ele acrescenta: — Você pode querer usar algo mais quando os conhecer.

Eu coro. Algo mais – que merda. Eu me viro para ir para o meu quarto, mas vejo Colosso abrindo os olhos e abanando o rabo.

— Oi — digo a ele. — Como você dormiu?

Ele vira de costas, exigindo a barriga para receber carinho.

A honra de me acariciar vai te custar um biscoito. Não, dois biscoitos. Na verdade, três seriam ainda melhor.

Ele me segue até meu quarto e observa com curiosidade enquanto fico apresentável o suficiente para conhecer toda a família de Bruce. Quando estou quase terminando, noto Colosso cheirando a perna da minha cama com desconfiança.

— Oh, não, você não vai — digo severamente e o agarro. — Hora da sua caminhada.

Enquanto nos esgueiramos para a garagem, ouço vozes exclamando saudações a Bruce. Corro antes que o cachorrinho cometa um acidente. Quando voltamos, Colosso corre para dentro de casa e eu o sigo – para a cozinha, como descobri.

Na entrada da cozinha, Colosso para e inclina a

cabeça. Estou prestes a perguntar o que há de errado quando ouço Bruce dizer: — Não, conversamos depois do café da manhã. Eu tenho uma reunião.

— É sobre nossa mastigação barulhenta de novo? — Pergunta uma voz feminina petulante, fazendo com que o cachorro me olhe com uma expressão confusa. — Eu pensei que com sua renda, você resolveria seu problema... de alguma forma.

— Sua mastigação não é alta — diz Bruce —, mas ainda não consigo tolerar isso.

— Mas, e esta noite? — O tom petulante aumenta. — Acabamos de voar até aqui e...

— Theodora, querida, para que discutir? — A voz de um homem estrondoso se intromete. — Você sabe como Bruce é sobre a Mesopotâmia.

Depois de ouvir o suficiente, pego Colosso (que parece ter medo dos avós) e entro. — Ouvi a palavra Mesopotâmia — digo com um sorriso. — Esse é o berço da civilização, não é?

Os olhos de Bruce se enrugam. — Lilly, conheça meus pais, Sr. e Sra. Roxford, ou como você insiste em chamá-los: Ambrose e Theodora. — Voltando-se para os pais, ele diz: — Lilly é a treinadora de cães de quem falei.

Apenas a treinadora de cães? Certo. — Prazer em conhecê-los — digo e resisto ao estranho desejo de fazer uma reverência. Não tenho certeza se nomes como Ambrose e Theodora soam menos formais do que Sr. e Sra. Roxford, mas não é como se estivéssemos no estágio de nosso relacionamento em que eu poderia dar a eles apelidos como "A" e "O".

— O prazer é nosso — diz Theodora e me examina como um dono de loja de penhores faria com uma aliança de zircônia cúbica. — Embora eu tenha que dizer, você é menor do que esperávamos.

Esse é o "nós" da realeza?

— Mãe — diz Bruce severamente.

— Está tudo bem — digo. — Estou ciente da minha estatura de tamanho divertido.

Theodora me olha de cima a baixo. — Mulheres baixinhas são muito adoráveis e têm tantas vantagens, como namorar homens de qualquer altura. Mas...

— Sério, mãe — diz Bruce. — Já chega.

O que eu quero saber é, ela escreveu uma dissertação sobre o desafio vertical?

— Temos o direito de nos preocupar — Afirma Theodora e, apesar de ela usar "nós", Ambrose se afasta dela e parece extremamente desconfortável. Ele claramente não quer ser incluído no que quer que ela esteja falando. — Com o tamanho dela — Continua Theodora —, ela pode ter problemas para dar à luz.

Quase engasgo com a língua. — Dar à luz? Para que bebê? — Ela é louca o suficiente para ter furado as camisinhas de Bruce?

— Hipoteticamente — diz Theodora.

Se você pudesse engravidar de tanto corar, eu faria xixi em um palito aqui e agora.

— O trabalho que faço para o seu filho não envolve tais hipóteses — digo o mais calmamente que posso. —

E, se estamos falando de hipóteses aleatórias, a situação que você está descrevendo não é uma preocupação para mim. Ter uma pélvis muito estreita para o parto não tem nada a ver com o tamanho do corpo. — Quando ela arqueia uma sobrancelha real, acrescento: — Minha prima é especialista em fertilidade, e também gosta de ter conversas não solicitadas sobre bebês.

— Mas — Theodora lança um rápido olhar para o filho —, e se o pai hipotético for um homem grande?

Acho que prefiro que Colosso traga um dos meus brinquedos sexuais para cá – mesmo isso seria menos embaraçoso do que esta conversa. — Tamanho de bebê não funciona assim — digo. — Não é o tamanho quando crescido, mas o tamanho do pai e da mãe quando bebê que importa.

— Isso é ainda pior — diz Theodora. — Minha filha, Angela, era um gigante de cinco quilos.

Ambrose coloca a mão no ombro de sua esposa. — Querida, você está esquecendo que Bruce é um bilionário. Ele pode conseguir para ela o melhor atendimento médico do mundo, ou contratar uma barriga de aluguel grande para carregar o bebê gigantesco. — Olhando para mim, culpado, ele acrescenta: — Hipoteticamente, quero dizer.

Na verdade, Theodora parece mais calma, mas não está claro se foram as palavras ou a mão do marido que fizeram isso. Minha vontade de me afundar no chão só aumenta.

— Essa conversa acabou. — Bruce vai até a geladeira e pega três cafés da manhã: o dele, o de

Colosso e o meu. — Aqui. — Ele me entrega a comida.
— Eu acredito que você tem uma longa sessão de
treinamento com Colosso chegando.

Estou grata e irritada. É bom ser poupada de mais
tempo com os pais dele, mas, ao mesmo tempo, ele está
me dispensando porque odeia a suposição de que
estamos juntos?

Que seja. Pego a comida de suas mãos e vou para o
meu quarto.

Após nossas respectivas refeições, trabalho com
Colosso. Primeiro, reforço um pouco do que ele já sabe
e depois ensino a ele o comando "fica" – o que poderia
ter me poupado do encontro anterior na cozinha.

Depois de algumas horas, Colosso decide que já
chega e se joga de barriga para mastigar um brinquedo
o mais longe de mim que o quarto trancado permite.

Certo. Eu posso fazer minhas próprias coisas. Pego
The Witcher para ler, mas meu telefone toca.

Huh. Como uma vidente fofoqueira, é Afrodite
ligando.

Eu debato atender por um momento, então o faço,
esperando que falar com ela me ajude a entender o que
aconteceu.

— Oi — digo timidamente.

— Sua vagabunda — Afrodite exclama. — Você *já*
dormiu com ele?

Eu suspiro. — Sim.

A resposta dela é um guincho tão alto que tenho
que afastar o telefone do ouvido para não perder a
audição.

Colosso ergue os olhos de sua mastigação, confuso.

Isso soou como os guinchos de um rato Chihuahuan. Você está recebendo uma ligação da pátria da minha raça?

Quando ela se acomoda, minha prima pergunta: — E daí? Como foi?

Suspiro mais uma vez. — Estou oficialmente arruinada para qualquer outra pessoa.

Há notas de um porco preso no próximo guincho de Afrodite, e Colosso me dá outro olhar do tipo "mas que merda".

— Conte-me tudo — diz ela, uma vez que recupera o fôlego. — *Tudo.*

Hesitando apenas por um momento, eu continuo a contar a ela, fazendo pausas para gritos de vez em quando. Menciono os beijos (sim, é para ser plural), a ida ao zoológico e o quanto me sinto confortável em compartilhar sobre o grande evento em si (sim, usei proteção). Termino com o encontro com seus pais e pergunto: — Então... o que você acha que isso significa?

— Isso significa que eu estava certa — diz ela, triunfante.

— Sim, sim — digo revirando os olhos. — O que você acha que eu significo para Bruce?

Ela suga uma respiração. — O que ele disse esta manhã?

— Ele não disse. Os pais dele chegaram cedo.

— Bem, então, o que você acha? — Ela diz. — Considerando que ele levou você para um encontro e depois invadiu sua fortaleza rosa.

Eu lanço um olhar questionador para o meu telefone. — Que encontro?

— O zoológico?

— Aquilo foi para o cachorro. — Falando nisso, verifico Colosso e o encontro cochilando.

— Claro. O "cachorro". — Suas aspas são audíveis.

— Todo mundo leva Fido ao zoológico... com a treinadora sexy. O piquenique romântico foi para o cachorro também?

Foi? Além disso, "treinadora sexy" faz parecer que sou especialista em *Dachshunds*, aquela raça que parece uma salsicha.

— E o pau dele? — Ela continua. — Isso foi para o cachorro?

— Isso pode ter sido apenas um cara aproveitando uma oportunidade.

— Oh, qual é. Um bilionário bonito? Ele pode estalar os dedos e ter oportunidades em filas.

— Então... você acha que foi um encontro? — Eu odeio o quão esperançosa eu pareço.

— Claro que sim. E agora que os pais dele aprovam você, aposto que ele...

— Espere, o quê?

— Os pais dele — diz ela. — Lembra como você se preocupou que eles nunca o deixariam namorar alguém como você? Alguma besteira sobre dinheiro velho não se misturar com lixo branco, que eu ainda afirmo que *nós* não somos?

— Eu me lembro disso — digo. — Só não a parte em que alguma coisa mudou.

— Você está louca? — Ela diz. — Por que mais a mãe dele se preocuparia com você dando à luz seus bebês? Daí, o pai dele disse: 'Apenas abane dinheiro na frente do problema', como se você estar grávida do filho deles fosse um dado adquirido.

— Por que isso faz algum tipo de sentido distorcido? — Pergunto, mais para mim do que para ela.

— Porque, minha querida, você vai ser a Sra. Roxford — diz ela. — Por favor, pergunte a ele se ele tem um amigo rico. Um mero milionário já resolve. Ah, e pergunte se posso acompanhá-lo em seu próximo passeio de helicóptero.

— Não conte nada disso para sua mãe — digo com firmeza. — Caso contrário, vou receber uma ligação da minha. De novo.

— Nada? — Ela parece uma criança sem presentes na manhã de Natal.

— Se você fizer isso, nunca mais direi nada... e você pode dar adeus ao passeio de helicóptero imaginário.

— Tudo bem — diz ela mal-humorada. —, mas posso ir depois que ele confirmar que *foi* um encontro?

— Você virá quando eu disser que pode — Afirmo e desligo antes que ela possa me implorar para mudar de ideia.

Com o canto do olho, vejo Colosso farejando minha cama, então o levo para passear.

Quando voltamos para casa, ordeno que Colosso fique.

Não. Algo – provavelmente a cozinha – é interessante demais para resistir.

Correndo atrás dele, ouço vozes na cozinha e espero esbarrar em Ambrose e Theodora novamente, mas não é quem está lá. É Angela, irmã de Bruce – e, aparentemente, portadora do temido gene do bebê gigante. Não que você possa dizer que ela era tão grande ao nascer. Atualmente, ela é magra e de ossos pequenos, e não *tão* alta, pelo menos em comparação com o resto de sua família. Falando em pessoas altas, ao lado de Angela está um homem com um bronzeado que saiu direto da garrafa e um sorriso que não toca nos olhos – que estão muito próximos, se você me perguntar.

— Amendoim! — Angela exclama ao avistar o cachorrinho.

— É Colosso — Eu a lembro.

— Ah, certo — Ela diz. — *Colosso*, por favor, fique longe de Champ. Ele é alérgico.

O nome do namorado dela é Champ, tipo 'Campeão'? Ele age como um também?

— Ei — digo suavemente para Colosso, e quando ele olha para mim, eu pego um biscoito minúsculo para enfatizar meu ponto. A jogada funciona. O cachorro para antes de entrar em contato com Champ e corre para mim. Bom. A última coisa que queremos é que o campeão derreta, como a Bruxa Malvada.

— Você atende por Lilly, certo? — Angela me pergunta enquanto pego o cachorrinho.

— Sim — digo. — E você?

— Você pode me chamar de Angela — diz ela, fazendo soar como o maior ato de caridade conhecido pelo homem.

— Prazer em conhecê-la, Angela — digo. — Em carne e osso desta vez.

Ela acena com a cabeça. — Você tem sobrancelhas muito marcantes.

— Obrigada?

Ela toca as suas, bem mais finas. — Você coloca Rogaine nelas?

— Não — digo e resisto a franzir a testa – porque isso faria as sobrancelhas se moverem e, assim, chamaria ainda mais atenção para elas. — De qualquer forma, Colosso e eu temos muito treinamento a fazer.

— Espere, antes de ir... — Ela se vira para Champ. — Você pode nos dar um momento?

Champ me dá um olhar estranho. — Claro. Vou fumar um cigarro. — Virando-se, ele sai.

Por que ele olhou para mim assim? Olho para o meu reflexo no micro-ondas brilhante para ter certeza de que não estou mais usando o capacete tipo moicano.

Não. Estou bem.

Que seja. Com Champ indo embora, coloco Colosso de volta no chão – algo que ele claramente precisava, porque ele corre para sua tigela de água e bebe avidamente, como se tivesse estado no deserto.

— Então, o que há? — Pergunto a Angela enquanto encho a tigela dele.

Ela se aproxima de mim, bloqueando meu caminho

de volta para Colosso. — Está acontecendo alguma coisa entre você e meu irmão?

OK, uau. Esta família está além de intrometida e contundente. As perguntas do bebê estão chegando? — Hum... como isso é da sua conta?

Ela franze o nariz minúsculo minuciosamente. — Minha família *é* da minha conta.

Huh. Com seu sotaque de Nova York, isso soa como uma frase de um filme de máfia.

— Por que você não pergunta a Bruce? — Arrisco. *E, por favor, diga-me o que ele disser.*

Ela faz uma careta. — A essa altura, você provavelmente já sabe que meu irmão pode ser difícil.

— Difícil? Bruce? Estamos falando do mesmo homem?

O sorriso de Angela é genuíno – ou assim presumo. Todo aquele Botox torna difícil dizer. — Tenho que admitir, seria divertido vê-lo namorar alguém com uma boca tão esperta...

— Mas? — Incentivo.

— Mas vocês dois seriam uma má ideia — Ela diz, conseguindo soar igualmente sincera e arrependida.

Independentemente disso, fico arrepiada. — Oh? E por que isto?

Ela estremece. — Achei que seria óbvio.

— Não, para mim não é. — Embora eu esteja tendo uma ideia de onde ela está indo, e eu não gosto nem um pouco disso. Mesmo que eu pensasse a mesma coisa não muito tempo atrás.

Ela franze os lábios. — Quando se trata de namoro, igual deve estar com igual.

E aí está. Se eu quisesse manter alguma pretensão de cordialidade, recuaria agora, mas já passei desse ponto. — Se importa em explicar?

Ela olha para o cachorro. — Bem, para colocar em termos que você possa entender, se vocês dois fossem cães, Bruce seria um daqueles cães de exibição com um pedigree que remonta a quando sua raça foi desenvolvida pela primeira vez. Você, por outro lado, estaria mais perto de um vira-lata.

Se eu fosse um cachorro, estaria rosnando.

— Obrigada por não dizer que eu também seria a menor da minha ninhada — Retruco sarcasticamente.

— Olha, talvez isso tenha saído duro, mas...

— Saiu como algo que uma cadela diria.

Ela cora. — Eu...

— Você já perguntou a ela? — Theodora pergunta em voz alta, entrando na cozinha.

Ela também está nessa? Tanto para as ilusões de Afrodite sobre essa família me aceitando.

— Ainda não — diz Angela.

Huh. Então talvez...

— Vou perguntar a ela então — diz Theodora e se vira para mim, seu sorriso estranhamente reminiscente de sua filha. — Você vai ajudar?

— Ajudar com o quê?

— A festa — diz Theodora.

Recuo – e é um milagre não pisar no pobre Colosso.
— Que festa?

— O óbvio — diz Theodora. — Dado o dia de hoje.

— Hum... — É duvidoso que eles queiram celebrar o melhor sexo da minha vida, mas se não for isso, estou perdida.

Theodora franze a testa enquanto Angela balança a cabeça e estala a língua desaprovadoramente.

— Você realmente não sabe? — Theodora me olha com os olhos azuis de Bruce.

Eu balanço minha cabeça.

— Que dia é hoje? — Angela diz incisivamente.

Quando dou de ombros, Theodora finalmente fica com pena de mim.

— É o aniversário de Bruce.

CAPÍTULO 27
BRUCE

A ssim que termino minha chamada de Zoom com meu gerente de tecnologia sobre um avanço na criptografia, meu pai entra.

— Estou interrompendo? — Ele pergunta.

Tenho alguns e-mails para responder, mas aceno para que ele entre, em parte porque não passo mais tanto tempo de qualidade com meus pais, mas também porque é uma chance de refutar as acusações de workaholic de Lilly.

— Você está trabalhando no seu aniversário? — Papai pergunta.

— Você vai me chamar de workaholic? — Retruco.

Papai sorri. — Vou dizer que estou orgulhoso de sua ética de trabalho.

Sim, e já que aprendi com ele, o que mais ele deveria dizer?

— Então... — Papai se senta. — Sua namorada é legal.

Afinal, eu deveria ter contado a ele sobre os e-mails.
— Você está designando Lilly como minha namorada ou estamos falando de outra pessoa?

O sorriso de papai se alarga ao nível do Coringa. — Lilly.

— Você perguntou *a ela* se ela está bem com o título de namorada? — Mesmo que ela considerasse isso esta manhã, ela provavelmente descartaria a ideia como insana depois daquela conversa de bebê com mamãe.

Lendo algo em minha expressão, papai diz: — Não fique bravo com sua mãe. Afinal... sua Lilly *é* terrivelmente pequena.

Minha Lilly. Eu gosto do som disso.

Bastante.

Mas seu corpo alegre não é muito pequeno. É pura perfeição – e doravante é meu tipo, embora eu sempre tenha pensado que não tinha tipo. Não que eu pretenda contar nada disso ao meu pai. Já era ruim o suficiente assistir a sua versão de – os pássaros e as abelhas – quando eu tinha cinco anos, e ele rindo quando perguntei o que ainda acho que era uma pergunta razoável: "Dói?"

Quer dizer, dói na maioria das mulheres na primeira vez, então...

— Você é o oposto de pequeno — Continua papai. — Então, espero que as coisas funcionem para vocês dois nesse departamento.

— Quantos anos você tem, doze? — Questiono. O que não pretendo dizer a ele é que as coisas deram certo, melhor do que eu jamais poderia imaginar. Foi alucinante. O melhor...

— Sinto muito — diz papai com contrição visível. — Oh, e em minha defesa, devo mencionar que não vim aqui para discutir sua vida amorosa.

— Não? — Eu nem me preocupo em corrigir a parte da "vida amorosa".

— As mulheres da família estão planejando uma festa.

Eu cerro os dentes. — Aniversário?

Papai assente.

— Qual é o processo de pensamento aí? Eu odiei os primeiros trinta e quatro aniversários, mas este ano será magicamente diferente?

— Você gostou da sua festa de aniversário de cinco anos — diz papai.

Talvez. Havia um palhaço, e nenhuma comida que eu me lembre. Mas, tirando essa única exceção, detesto todos os eventos em que comer é um tema central – e especialmente a trindade do mal: Ação de Graças, Natal e aniversários.

— Por que você não as impediu? — Pergunto.

Papai bufa. — Se elas podem ser paradas, por que você não vai em frente e faz isso?

Ele tem razão.

Eu freneticamente recorro a várias desculpas em minha cabeça.

Uma emergência de trabalho? Fraca.

Apendicite? Não, eles me seguiriam até o hospital.

Diarreia explosiva?

Caralho.

Por que não encontrei um dublê de corpo – como Saddam Hussein, Kim Jong-un e Keanu Reeves?

Acho que não há como evitar. Para manter a sanidade, terei que usar tampões de ouvido de força industrial ou fones de ouvido com cancelamento de ruído de última geração, porque não há como evitar.

Vou ter que aguentar mais uma maldita festa de aniversário.

É o aniversário dele? — Eu olho para cada mulher por sua vez. — Ele não disse uma palavra sobre isso. — Então, novamente, por que ele contaria à sua humilde funcionária tais detalhes pessoais, certo? Eu tenho sorte que ele...

— Não se sinta mal — diz Theodora. — Quando se trata de festas, Bruce é o Grinch da família.

— Mas achamos que ele secretamente gosta de nós cuidando dele — diz Angela. — Quando não o fazemos comemorar, ele apenas trabalha horas extras. — Ela enruga o nariz perfeito. — Acho que ele nunca se deu ao luxo de nada além de um treino extra-vigoroso em seu aniversário.

Eu posso ver isso muito bem. — Mas as pessoas não comem em festas? — Eu pergunto, e me sinto boba fazendo isso. — E bebem?

— Bem, sim — diz Angela. — E você está certa. Isso pode ser parte da razão para a rabugice.

— Parte? Pode ser? — Eu não posso acreditar nisso. — Bruce tem misofonia. Os sons de comer e beber são gatilhos.

Theodora pigarreia. — Podemos ter pequenos aperitivos na festa, algo que as pessoas possam engolir inteiros.

— E doses — diz Angela. — Pequenas que as pessoas possam engolir sem fazer muito barulho.

Bruce não estava exagerando quando disse que sua família não respeita sua condição.

— Ninguém mais poderá comer ou beber na frente de Bruce — Decreto. Quando elas olham para mim de forma questionadora, acrescento com menos confiança: — Eu treinei Colosso para impedir qualquer um de tentar.

Ambas olham para mim como se eu tivesse crescido chifres, mas nenhuma delas pergunta como um pequeno Chihuahua pode impedir os humanos de comer ou beber.

— Tendo dito isso — Acrescento. —, por que não criar duas estações de alimentação: uma só para Bruce e outra para todos os outros, fora do alcance da voz para Bruce? E dois bares configurados de forma semelhante.

— Isso é muito inteligente — diz Theodora. — Faremos assim.

— Também podemos aumentar a música — digo. — Ou melhor ainda, faça uma festa com fones de ouvido.

— Vamos fazer a segunda ideia — diz Angela. — Bruce usa fones de ouvido na maioria dos eventos gastronômicos e, dessa forma, ele não parecerá carente de elegância social.

O fato de ele usar fones de ouvido não *o* faz parecer carente de elegância social. Essa honra pertence a quem come ou bebe na frente dele depois de saber de sua condição.

— Então está resolvido — diz Theodora. — Vou convidar os amigos dele e contratar um DJ que possa configurar os fones de ouvido.

Angela bate palmas animadamente. A festa é claramente mais para ela do que para Bruce. — Também precisamos de um tema.

— Que tal *The Witcher*? — Eu deixo escapar.

— O quê? — Elas perguntam em uníssono.

Como elas poderiam não saber disso? — Essa é a série de livros favorita dele.

Theodora olha para Angela significativamente, depois se concentra em mim.

— Ele disse isso a você?

Eu coro. — Acontece que gosto de um videogame baseado na referida série e conversamos sobre isso.

— Interesses comuns — diz Theodora com aprovação. — Então diga-nos, se quisermos que seja o tema da festa, o que devemos fazer?

Eu dou de ombros. — Você pode nos encontrar algumas roupas que se assemelham às usadas na Europa Oriental Medieval?

Angela me dá um olhar de "bem, duh".

— Podemos fazer os homens usarem espadas — digo, entrando no espírito das coisas. — e as mulheres podem ficar mais arrumadas para se parecer com as feiticeiras daquele mundo. — Em *The Witcher*, as feiticeiras usam magia para ter a melhor aparência, não muito diferente desta mãe e filha que usam cirurgia plástica, para que se encaixem bem em seus papéis.

— O que mais? — Angela pergunta.

— Você pode contratar um bardo? — Sugiro.

Angela arqueia a sobrancelha ainda sem Rogaine. — Um bardo?

— É como um menestrel — Explico. — Pense, um cara vestido com uma versão elegante da roupa que todo mundo vai usar, enquanto declama poesia e toca um alaúde.

— Ah, claro — diz Angela. — Isso deve ser fácil.

Deveria ser? Acho que os ricos têm acesso a bardos – e provavelmente os compram no mesmo supermercado onde vão comprar máscaras assustadoras e prostitutas para suas festas estilo *De Olhos Bem Fechados*.

— O cachorro deveria ter uma roupa — diz Theodora. — Alguma ideia?

Eu sorrio. — Ele pode ser um lobisomem – Chihuahua de dia, besta amaldiçoada à noite.

Theodora e Angela olham duvidosamente para a bolinha de penugem. Elas estão se perguntando se os poderes do lobisomem são como ele manterá as pessoas comendo e bebendo longe de Bruce?

— Qualquer outra opção? — Theodora pergunta.

— Ele pode ser um cavalo — digo com relutância. O que não acrescento é que usei essa ideia com meu cachorro em muitos Halloween, ou que meu cachorro recebeu o nome da montaria do Witcher.

— Isso deve ser mais fácil em tão pouco tempo — diz Theodora.

Oh? Portanto, há limites para o supermercado *De Olhos Bem Fechados*. Bom saber.

— Tudo bem — diz Angela. — Temos muito o que fazer, então é melhor começarmos.

— Posso ter o seu número? — Theodora me pergunta. — Caso eu tenha dúvidas sobre o tema?

Insiro meu número de telefone nos contatos dela e levo Colosso para outra caminhada.

Do lado de fora, vejo Champ, que provavelmente está fumando sua segunda caixa de cigarros neste momento.

— Cosplay de *Mad Max*? — Ele pergunta com um sorriso, apontando para o meu capacete. — Você também precisa de um sutiã com pontas. — Com isso, ele cobiça meus seios como se estivesse imaginando o tal traje.

— Tão inteligente — digo com os dentes cerrados. — Eu quase esqueci o quão estúpida Bruce me faz parecer nessas caminhadas.

— Bem, quem pode culpar o cara. — Champ joga o cigarro no chão. — Se você trabalhasse para mim, eu também faria você usar roupas especiais.

Credo. — Calma aí, Champ. Sua namorada está a meio metro de distância.

— Foi só a porra de uma piada. — Champ pisa em seu cigarro, se vira e sai.

Uau. Quando Angela disse que "igual deve estar com igual", *ele* é quem ela pensa ser igual a ela?

Colosso se aproxima para cheirar a bituca de cigarro, e eu o afasto caso ele decida comê-la.

Depois da caminhada, treino Colosso, enquanto luto contra a vertigem que sinto sempre que imagino a festa de aniversário de Bruce com tema de *The Witcher*. De vez em quando, Theodora me manda mensagens pedindo sugestões mais detalhadas sobre o tema e, a certa altura, ela me informa sobre algo que obviamente eu já sabia há muito tempo – que *The Witcher* também é uma série de TV da Netflix, estrelada por, e cito, "o super-delicioso e super-lindo super-homem que é Henry Cavill".

Ainda não vi, respondo.

Talvez você possa assistir com Bruce?, Theodora sugere.

Quem sabe? Eu envio uma mensagem de volta e me pergunto se ela percebeu que esteve muito perto de sugerir seu filho e eu, Netflix e relaxar.

Uma hora depois do almoço, recebo mais uma mensagem de Theodora:

Qual dessas roupas você gosta?

As imagens inundam meu telefone e as opções são inúmeras, mas eu gravito nas opções pretas porque essa é a cor de escolha da minha personagem feminina favorita no jogo, Yennefer de Vengerberg.

Depois de uma rápida deliberação, mando para Theodora minhas escolhas: *botas de cano alto, uma capa, um cinto fino, um par de luvas compridas, calças, uma gola de pele e, por último, mas não menos importante, um cinturão-faixa.*

Que tamanho?, ela pergunta.

Quando eu digo a ela, há uma pausa, e então ela responde com:

Temos sorte de este lugar ser adequado para adultos e crianças.

Ótimo. Voltamos ao assunto do meu tamanho diminuto?

Para meu alívio, Theodora me deixa sozinha depois dessa mensagem, pelo menos até que ela e Angela voltem e batam na porta do meu quarto. Quando abro, Theodora enfia um monte de sacolas de compras em minhas mãos.

— Quanto eu te devo? — Pergunto.

— Nada — diz Theodora graciosamente.

Angela assente. — Amamos tanto a ideia do tema que sentimos que devemos a *você*.

Tudo o que fiz foi dizer a elas algo que elas deveriam saber, mas tudo bem.

— A festa vai começar em três horas, no salão de baile — diz Angela. — Espero que seja tempo suficiente para você se preparar.

Isso foi uma dissimulação do tipo: "Você é tão feia que vai demorar muito para encobrir tudo?"

— Só três horas? — Theodora olha para o relógio com uma expressão horrorizada. — É tarde demais para mudar tudo de volta? Não há como eu estar pronta a tempo.

— Não — diz Angela. — Papai inventou alguma

desculpa para trazer Bruce para aquela sala naquele exato momento. Se a hora mudar, Bruce pode ficar desconfiado.

— Vou ter que me apressar então — diz Theodora. — Até mais tarde.

Enquanto sua mãe sai correndo, Angela fica para trás por algum motivo.

Oh, não. Estou prestes a receber outro sermão sobre minha inadequação para o irmão dela? Talvez desta vez eu seja comparada a um buraco de rosquinha humilde e ele a um bolo de champanhe?

— É melhor eu correr também. Eu demoro ainda mais para me arrumar do que a minha mãe — Angela diz, mas não se mexe.

Eu suspiro. — O que é agora?

Ela muda quase imperceptivelmente de um salto alto para o outro. — Obrigada. Agradeço sua ajuda com esta festa.

Deixando-me boquiaberta, ela sai, com seus saltos barulhentos.

— O que foi aquilo? — Pergunto a Colosso.

Ele inclina a cabeça.

Se eu fosse tão bom em entender os humanos, faria com que todos vocês me entregassem biscoitos a cada segundo de cada dia.

————

Vestida com meu traje Yennefer, chego ao salão de baile alguns minutos antes. Colosso está comigo, parecendo o menor pônei da história dos equinos.

Johnny nos recebe na entrada, vestido como um bardo.

Eu sorrio para ele. — É como se seu bigode tivesse esperado toda a sua existência por esta noite.

Com um rubor satisfeito, Johnny gira o dito bigode habilmente. — Estes são para você. — Ele me entrega um par de fones de ouvido.

Para expor minhas orelhas, tenho que empurrar para trás as mechas pretas da minha peruca. Depois que os botões estão ativados, ouço uma música suave de alaúde, como faria em uma taverna em Novigrad, minha cidade favorita no jogo.

Legal.

Eu olho em volta.

As decorações estão no local; eu não ficaria surpresa ao saber que Theodora e Angela contrataram um cenógrafo. O salão de baile me lembra Kaer Morhen, o antigo castelo onde todos os bruxos treinam.

Vendo o pai de Bruce no que deve ser um posto de comida, sem Bruce, vou até lá e verifico a seleção.

Uau. Até os canapés são temáticos, com rótulos como "bife de carneiro" e "tártaro de wyvern". Enquanto preparo um prato com diferentes queijos e frutas, pego um pouco de pepino para Colosso, que o engole desesperadamente, apesar de ter comido no caminho para cá.

Ambrose acidentalmente bate a bainha da espada na lateral da mesa. — Você acha que Bruce vai gostar de tudo isso?

— Sou tão fã deste mundo quanto ele — digo. —, e eu amei.

Depois de terminar rapidamente minha comida na área designada, saio para verificar a multidão reunida.

Todos estão vestidos com roupas apropriadas, e reconheço Bob, o chef; Prudence, a governanta; o jardineiro sei lá qual é o nome dele, e alguns seguranças. Em seguida, uma multidão de pessoas conhecidas entra, também fantasiadas, e levo um segundo para lembrar que eles são daquela agência próxima do banco de Bruce – os mesmos que ajudaram na socialização de Colosso.

Reconhecendo o cheiro de seus conhecidos humanos, Colosso corre para cumprimentá-los – ou verificar se eles têm guloseimas.

Angela, o namorado de Angela, e Theodora entram. Ambas as mulheres são excelentes feiticeiras, enquanto Champ parece um bobo da corte nilfgaardiano. Eles se juntam a Ambrose, que está vestido como um rei, provavelmente Radovid V, o Severo.

— Ele está vindo — diz Johnny e torce nervosamente o bigode. — Preparem-se.

Observo a entrada com curiosidade.

Bruce entra, parecendo um anacronismo em suas roupas modernas.

— Surpresa! — Todos nós gritamos. — Feliz aniversário!

Arregalando os olhos, Bruce olha em volta, um pouco em estado de choque.

Ambrose caminha até seu filho e coloca uma trouxa

de roupas em suas mãos.

— Por favor, coloque isso e volte — diz ele, soando vagamente apologético. — Esta festa tem um tema.

Colosso corre até Bruce e abana o rabo.

Olhando para a roupa do cavalo, Bruce nos agracia com um de seus raros sorrisos. — Você é mini-Roach?

O filhote abana o rabo com mais força.

Eu não me importo como você me chama, desde que haja um biscoito para mim.

— Bem, vamos — diz Bruce ao cachorro, e eles partem juntos.

Vou até o bar sem Bruce e peço uma dose de vodca. Quando volto à pista de dança, Bruce e Colosso voltam.

Santo Anúbis. Eu deveria ter imaginado que Angela e Theodora acabariam fazendo isso, mas me vejo despreparada e precisando de uma calcinha nova.

Já de ombros largos por natureza, Bruce parece enorme com as ombreiras de armadura de sua fantasia. E dada a peruca cinza, as duas espadas nas costas largas e o pingente de lobo no pescoço, não há dúvida sobre quem ele é: Geralt de Rivia, ou como todos pensam nele, o Witcher.

CAPÍTULO 29
BRUCE

Embora eu esperasse uma festa surpresa, o tema me surpreendeu, então meu choque foi genuíno.

Mais tarde, enquanto me trocava, tive a chance de processar tudo e percebi que, pela primeira vez, poderia realmente gostar da minha estúpida festa de aniversário, ou pelo menos achar mais fácil tolerá-la. Também não demorou muito para eu descobrir a quem devo agradecer por isso. Afinal, ela é tão fã desse universo quanto eu.

É por isso que, quando Colosso e eu voltamos para o salão de baile, procuro Lilly no meio da multidão.

Levo alguns momentos por causa de todas as roupas, mas assim que me concentro na altura (ou falta dela) e nas sobrancelhas (ou abundância delas), eu a localizo – e sinto meus olhos começarem a se arregalar, como os de um desenho animado de lobo, o que é apropriado dado o pingente no meu pescoço.

Ela parece sexy como o inferno – e, claro, ela está vestida como o interesse amoroso do meu personagem.

Caminhando até ela, tiro os fones de ouvido de debaixo da minha peruca e digo oi.

Ela se livra de seus amigos e canta "Parabéns pra você" daquele jeito especial que ficou famoso por Marilyn Monroe, apenas substituindo "Sr. Presidente" com "Sr. Roxford".

Enquanto ouço, imagino o quão errado seria se eu a jogasse por cima do ombro e corresse para o meu quarto. Todo mundo pensaria que faz parte do cosplay? Provavelmente não, então é melhor eu me comportar.

— Obrigado. — Eu gesticulo ao redor. — Quem criou o tema *The Witcher* é um gênio.

Ela bate os cílios para mim, coquete. — Eu me pergunto quem ela é.

Eu dou de ombros teatralmente. — Estou imaginando alguém bonito. Considerado. Provavelmente ótimo com cachorros.

Aí está, o rubor que eu estava tentando o meu melhor para gerar. — Você comeu? — Ela aponta para o canto longe de todos. — Essa é a estação para você comer, que é separada de todas as outras.

Eu me aproximo. — Sua ideia?

Olhando para mim, ela assente.

Eu me inclino. — Você é incrível.

Ela se levanta na ponta dos pés. — Foi um prazer.

Ainda estamos falando dessa festa?

Não importa.

Vou provar aqueles lábios novamente.

Eu me inclino mais um centímetro, mas quando estou prestes a beijar Lilly, uma mão toca meu ombro.

Virando-me, preparo-me para cortar o interruptor com uma das minhas espadas, mas acaba por ser a minha mãe, por isso tenho de me contentar com um olhar feroz.

— O quê?

— Vocês dois deveriam dançar primeiro — Declara mamãe.

Eu olho dela para Lilly. — Os aniversários têm primeiras danças? — Sempre pensei que fosse coisa de casamento.

— É por causa de suas roupas — Mamãe diz sem jeito. — O Witcher deve dançar com sua feiticeira.

Lilly aponta para Gertrude, que está usando uma peruca ruiva. — Essa é Triss Marigold. No jogo, *namorá-la* leva a uma vida mais simples e estável.

— Não há spoilers. — Coloco meus fones de ouvido de volta. — Não que eu fosse escolher alguém além de Yennefer, independentemente do que você disse.

Música lenta toca em meus ouvidos, e estendo minha mão para Lilly. Ela também insere seus fones, então pega minha mão, e eu a levo para o meio da pista de dança enquanto todos olham.

— Estou feliz que suas espadas estejam nas suas costas — Lilly diz alto o suficiente para eu ouvir pelos fones de ouvido. — Se você estivesse usando no cinto, eu correria o risco de ser esfaqueada.

— Você ainda está em risco. — Sentindo-me como

uma criança no baile, dou uma olhada em minhas calças apertadas.

Corando de um jeito nada Yennefer, Lilly pega minhas mãos estendidas e eu a puxo para perto, movendo-se ao som da música em um estilo de dança de salão, já que não tenho ideia de como a dança deve parecer no mundo Witcher.

Ter Lilly perto de mim é inebriante. Ela olha para mim com recato, é suave em todos os lugares certos, e seu perfume delicado de cerejas, incenso e rosas faz minha cabeça girar.

Porra. Minha situação com a espada se torna mais óbvia – e dado como seus olhos se arregalam, ela percebe.

A música para.

Eu me curvo. — Você é uma grande dançarina.

— Ora, obrigada. — Ela faz uma reverência. — Que tal você comer e beber, e depois fazemos de novo?

— Marcado — digo e vou até a estação que ela montou para mim. Embora, verdade seja dita, não estou mais com fome ou sede...

Ou, pelo menos, não para comida.

CAPÍTULO 30
LILLY

Essa dança foi quente, e não apenas porque tocou em minhas fantasias envolvendo o Witcher. Foi muito mais devido a Bruce, que, recentemente, se tornou uma fonte de muito mais fantasias do que um personagem de videogame jamais poderia provocar.

Eu me abano com a palma da mão, desejando que minha roupa inclua um leque ou um mata-moscas. Não. Ainda quente e incomodada. Silenciando a música, eu equilibro minha respiração, então, caminho até o bar e pego um copo d'água com bastante gelo.

Nem a bebida gelada ajuda. Talvez enfiar um cubo de gelo na minha calcinha funcionasse melhor, mas não parece a melhor ideia quando estou cercada por tantas pessoas.

— Vossa Majestade — De repente ouço Theodora sussurrar teatralmente. — Alguma chance de podermos escapar e visitar nossos aposentos enquanto ninguém está olhando?

Imagino que ela esteja falando com Ambrose e que não sou a única que acha essas roupas afrodisíacas. Além disso, é melhor eu ter cuidado com o que digo esta noite. Quando a música é silenciada, os fones de ouvido não bloqueiam muito o som.

— Sim, moça — Ambrose responde antes que eu possa retomar a música e, assim, abafar a indesejável 'informação demais'. — Você pode receber a honra de servir ao seu rei muito em breve.

Não ouço o que a mãe de Bruce responde porque a música em meus fones de ouvido abafa tudo, mas ainda preciso de alvejante para meu cérebro.

Colocando alguma distância entre mim e as unidades parentais de Bruce, saio da área do bar e dou de cara com Champ.

Que nojo. Sinto partes dele roçando meu corpo e sou agredida por seu hálito – uma mistura horrível de cigarro, alho, vodca e café.

Eu rapidamente me afasto. Pelo lado bom, não preciso mais daquele banho frio.

Champ olha para mim, liberando mais fôlego. — A dama mágica gostaria de dançar?

Respiro pela boca. — Não. Obrigada.

Ele franze a testa. — Por que não?

— Ela só dança comigo — Bruce rosna ameaçadoramente atrás de mim, assustando tanto a mim quanto a Champ.

Champ levanta as mãos. — É só uma dança. Nossa.

— Somos muito dedicados ao tema — digo. —, e o personagem dela só dançaria com o meu e vice-versa.

Revirando os olhos de um jeito feminino, Champ vira as costas e se afasta.

— Obrigada — Murmuro para Bruce.

— Você pode me agradecer com uma dança — Bruce responde e estende as mãos para mim, como antes.

Aqui vamos nós. Minha calcinha está com problemas novamente.

Eu aceito suas mãos, e ele me puxa para perto dele habilmente, envolvendo-me em seu calor corporal.

A música está um pouco mais rápida desta vez, mas não é nada comparada ao meu batimento cardíaco frenético.

Seu braço embala minhas costas, guiando-me gentilmente no ritmo.

Quem inventou a dança percebeu como ela é sexual?

Eu suspiro a cada passo, meus seios levantados arfando. Então, os olhos de Bruce encontram os meus, e não há um indício do gelo habitual em suas profundezas azuis. Em vez disso, eles me lembram o mar do Caribe, onde eu mergulharia com prazer.

A música muda, e Bruce me dá um gingado suave. Eu quase desmaio.

— Você é uma dançarina muito boa — Bruce murmura em meu ouvido quando a música para.

— Eu? Você é quem fez todo o trabalho.

Ele sorri. — Você subestima seu senso de ritmo.

Eu tenho ou não outras coisas mais primitivas em mente?

— Quero agradecer novamente — diz ele. — Quando se trata de presentes de aniversário, sou duro de satisfazer, mas você fez isso hoje.

Eu culpo as palavras "duro" e "satisfazer" pelo que deixo escapar em seguida, que é: — Esta festa não é meu presente.

Seus olhos brilham. — Não?

Corando, eu digo: — O que você acha de passar a noite com Yennefer de Vengerberg?

Gah. O quanto eu bebi? Não costumo ser tão corajosa.

Ele balança a cabeça e meu coração quase para. — Eu não quero Yennefer de Vengerberg — Ele murmura. — Não quando posso ter Lilly Johnson.

A respiração que eu não percebi que estava segurando sai de meus pulmões. Abro a boca para falar de logística, mas a expressão de Bruce fica aflita.

Eu giro.

Champ está atrás de mim, mastigando um sanduíche de carneiro com a boca aberta, como a porra de um homem das cavernas.

— Que diabos? — digo severamente. — Você deveria comer na área designada.

— O cachorro estava lá. — Champ aponta com o sanduíche e dá outra mordida.

Falando no cachorro, Colosso está correndo em nossa direção, o que prova que Champ realmente não conseguiu nada ao partir, não que eu acredite na explicação dele. Minha teoria é que ele quer uma pequena vingança contra Bruce por não o deixar dançar comigo.

Sentindo-me além de irritada, coloco minha mão na têmpora e olho significativamente para o cachorrinho.

Sendo o bom menino que é, Colosso late alto.

A mão de Champ voa para o peito e ele dá um passo para trás bem a tempo de tropeçar no pé de Johnny (ou talvez no bigode).

Agitando os braços, Champ cai de bunda, o sanduíche restante voando na direção de Colosso.

Sem piscar, o cachorro devora o sanduíche – sem dúvida pensando que é a recompensa por latir sob comando.

— O que tinha naquele sanduíche? — Pergunto.

— É com isso que você está preocupado? — Champ pergunta e tenta virar com um gemido.

— Responda a ela — Bruce exige.

O chef corre e recita uma lista de ingredientes. Eles soam principalmente seguros para cães, então eu relaxo um pouco. Ainda vou precisar ficar de olho no cachorrinho, caso comer demais o deixe doente, mas acho que a criaturinha insaciável ficará bem. Falando em bem...

— Você está machucado? — Pergunto a Champ, que ainda está no chão. Se ele quebrasse o osso do cóccix, eu me sentiria um pouco culpada.

Sem nenhuma palavra de simpatia, Bruce estende a mão para Champ, que a pega e se levanta com outro gemido.

— Isso é culpa da porra do cachorro — Ele murmura, se limpando. — Sou alérgico.

— Desde quando as alergias fazem você cair de bunda? — Bruce pergunta.

Champ espirra em resposta e sai correndo, claramente ileso.

— Bom menino — diz Bruce a Colosso.

O cachorrinho abana o rabo.

Se você pensou que eu era um bom menino por comer aquele sanduíche, espere até ver minhas habilidades altamente refinadas de comer biscoitos.

— Ele pode precisar ir ao banheiro depois de uma refeição tão grande — digo a Bruce. — Colosso, quero dizer, mas talvez Champ também.

— Que tal levá-lo juntos? — Bruce sugere.

E ficarmos sozinhos. Sim, por favor. Mas espere. Eu olho em volta. — E a festa?

Bruce dá de ombros. — Durei mais tempo aqui do que em qualquer outro evento que já participei. Graças a você.

— Está bem então. — Eu pego o cachorrinho. — Vamos.

Caminhamos em direção à garagem em um silêncio amigável e, quando chegamos lá, Colosso está cochilando em meus braços. O coma alimentar o pegou.

— Quase me sinto mal por acordá-lo — Sussurro para Bruce.

Vendo o rostinho fofo e sonolento, ele sorri. — Eu me pergunto por que ele está tão cansado.

— A festa — digo. — Todos os cheiros, as pessoas e a comida. É muito para um cara pequeno.

— Devemos levá-lo de volta para a cama? — Ele pergunta.

Eu balanço minha cabeça. — Ele vai ter um acidente, com certeza.

Bruce me entrega o arreio do cachorro, e eu o visto, depois pego meu capacete punk.

— Você não vai precisar disso — diz Bruce.

— Está escuro lá fora — digo. — Não vou correr o risco de um ataque de coruja?

Bruce tira uma de suas espadas por trás das costas. — Deixe os filhos da puta de penas tentarem. Vou cortá-los em dois.

Prendo a coleira no arnês de Colosso. — Essa é a sua lâmina de aço ou prata?

Ele olha para isso mais de perto. — Prata. Eu provavelmente deveria lidar com uma coruja com aço.

— Sim. Prata é para monstros, e não acho que corujas se qualifiquem.

— Falando em *The Witcher* — Bruce diz enquanto entramos no ar fresco da noite. — Minha mãe me contou uma coisa interessante.

— Mesmo? — Ela não acabou de aprender sobre a série comigo hoje?

— Há um programa de TV na Netflix baseado em *The Witcher*.

Oh. — Você já não sabia disso?

Ele balança a cabeça.

Borboletas vibram em meu estômago quando pergunto: — Você quer assistir?

— Com você — diz ele.

A vibração torna-se um bater de asas completo e as borboletas se transformam em corujas predadoras. — Gostaria disso.

— Não que possa ser tão bom quanto os livros — diz Bruce.

— Ou o jogo 3 — Acrescento.

— Se odiarmos, pelo menos odiaremos juntos.

— Sim — digo. — A chave é relaxar enquanto assistimos.

E... a bravura bêbada continua, desnecessariamente neste caso, já que ele já concordou em me aceitar como presente.

Ele sorri. — Tipo, Netflix e relaxar?

Eu sorrio de volta, mesmo quando meu rosto fica quente. — Você já me tem.

Sua expressão fica séria. Acho que ele deve perceber o quão romântico é esse momento. Temos ambientes deslumbrantes ao nosso redor, as estrelas e a lua no céu claro acima e, por último, mas não menos importante, estamos vestidos com roupas sensuais que se complementam.

Os mesmos pensamentos devem estar passando por sua cabeça porque ele me puxa para ele e nossos lábios se encontram.

O mundo inspirador ao nosso redor desaparece completamente, e tudo o que resta são os lábios de

Bruce, sua língua inteligente, seus braços fortes na minha bunda, o gemido...

Espere. Gemido?

Eu relutantemente me afasto e vejo a origem do gemido. É Colosso. Ele está de pé nas patas traseiras e batendo em Bruce com as patas dianteiras – como se implorasse para ser pego.

— Huh — digo. — Roach costumava fazer algo assim. Ele ficaria entre mim e qualquer um que eu tentasse beijar.

— Ele era um cachorro inteligente então — diz Bruce. — Sou a única pessoa que você deveria beijar.

Uau. — Eu não te conhecia então.

Bruce pega Colosso e leva uma lambida no rosto. — Você acha que ele só queria atenção, estava com ciúmes ou — Ele ri — estava me protegendo de um suposto ataque?

Eu dou de ombros. — Parece mais que ele sentiu o cheiro de oxitocina no ar e ficou curioso sobre isso. Talvez até quisesse um pouco também – daí a lambida no seu rosto. Bichinho sortudo. Eu certamente estou com um pouco de inveja disso.

Ele coloca o cachorro de volta no chão. — Se isso se tornar um problema, você pode ensiná-lo a não se intrometer?

— Claro — digo, minha respiração acelerando. — Teríamos que beijar um monte como parte desse treinamento.

Ele sorri. — Isso pode ser arranjado.

OK. Aqui, agora, é minha chance de perguntar a ele

o que está acontecendo entre nós, mas, novamente, é o aniversário dele, e se a conversa for para o sul, eu a terei arruinado.

Sim. Adiando a conversa. Talvez eu não seja tão corajosa, afinal.

— Você acha que ele acabou? — Bruce pergunta depois que Colosso não levanta uma perna em um arbusto que é tão perfeito para esse propósito que até eu fico tentada a fazer xixi nele.

— Ah, sim — digo. — O tanque está vazio. Vamos voltar.

E se isso significa que vamos acabar no quarto de Bruce mais cedo, melhor ainda.

Sem discutir o assunto, meio que corremos no caminho de volta, o que não ajuda meu batimento cardíaco já enlouquecido. No caminho para o quarto, o cachorrinho adormece em meus braços novamente, então eu o deposito muito delicadamente em sua cama quando chegamos lá e agradeço a Anúbis por ele não ter acordado.

O que agora? Não tenho certeza se os últimos resquícios de álcool deixaram meu sistema ou se é a realidade do quarto, mas estou me sentindo muito menos descarada de repente, e é por isso que coro quando pergunto: — Devemos assistir ao programa de TV?

Com os olhos brilhando famintos, Bruce responde me levantando do chão e me levando para a cama.

Oh, meu Deus. Ele tira cada uma das minhas botas

compridas, então dispensa minha calça e meu cinto antes de finalmente tirar minha calcinha.

— Uau — Bruce ronrona. — Eu tenho sonhado em te provar.

Fico vermelha, mas não resisto quando ele abre minhas pernas. O aniversariante pode comer o que quiser – e tão alto quanto quiser, já que não sou eu que tenho misofonia.

Ele começa com beijos suaves ao redor do meu clitóris – um ato de pura maldade porque me faz desejá-lo em meu clitóris.

Como se estivesse psiquicamente em sintonia com meus desejos, Bruce beija onde eu quero tão desesperadamente, mal tocando no começo, depois com mais força, terminando em um beijo sólido que faz meus punhos se fecharem nos lençóis.

Ele escala suas ministrações para uma pequena lambida.

Um gemido escapa de algum lugar dentro de mim.

Não sei como, mas sinto seu sorriso satisfeito contra minha boceta, seguido por uma lambida mais forte.

Sim. Por favor. Assim.

Devo gritar isso bem alto, ou ele está sendo um vidente de novo, porque suas próximas dezenas de lambidas são as mesmas, e é pura felicidade. Um orgasmo começa a crescer dentro de mim enquanto um gemido espontâneo escapa dos meus lábios.

Encorajado, Bruce faz algo que nunca senti antes – e redefine o termo "língua inteligente" no processo.

Parece que ele, de alguma forma, envolveu meu clitóris com sua língua.

Com um grito, eu me quebro em pequenos pedaços de prazer, então, reconstituo em torno de sua língua genial.

— Sua vez — Suspiro quando meus sentidos retornam.

Agora que penso nisso, deveríamos ter começado com ele – é o aniversário dele e tudo mais.

Em um movimento direto de *Magic Mike*, Bruce arranca as calças, libertando Titã.

— Sem cueca? — Eu gentilmente escovo as pontas dos meus dedos ao longo de seu comprimento impressionante. — Isso está no tema.

— Não — Ele resmunga. — O verdadeiro Geralt usaria ceroula.

— Quieto. — Dou um leve beijo na ponta de Titã, saboreando a doçura oceânica do pré-sêmen de Bruce.

Ele se inclina para trás contra a cabeceira da cama, mas isso não relaxa os músculos nodosos de suas pernas, nem a beleza em forma de V em torno de seu tanquinho definido.

Eu tomo Titã na minha boca. É mais duro que aço, mas quente e maravilhosamente aveludado, implorando para ser chupado e lambido.

Não acredito que estou tão excitada depois que ele me fez gozar. Incapaz de me segurar, eu enfio minha mão entre minhas pernas, desesperada para saciar a crescente necessidade.

— Caralho — Bruce rosna enquanto eu dou a ele uma lambida de sorvete. — Você é inacreditável.

Oh, sim? Eu deslizo Titã profundamente em minha garganta até senti-lo em meu baço. Meu próprio orgasmo está quase chegando, e meu gemido resultante reverbera em seu pênis.

Gemendo de prazer, Bruce acaricia minhas costas, o que só me leva a cutucá-lo mais fundo e me tocar com mais força, mais desesperadamente.

— Eu quero estar dentro de você — Bruce exige assim que meu orgasmo está prestes a atingir o ápice.

Minha mente está confusa demais sobre sexo para responder, então, apenas observo enquanto Bruce me deita na cama e embainha Titã: primeiro na camisinha, depois em mim.

Olhos rolando na parte de trás da minha cabeça, eu arranho as costas de Bruce quando meu orgasmo finalmente atinge a terra – em todo o seu pau.

— Boa menina — Ele canta, então abre meus braços acima da minha cabeça e entrelaça nossos dedos. — Agora, eu quero que você me dê outro. — Ele acompanha sua demanda com um impulso.

Se eu pudesse falar no momento, diria que posso espremer mais um, desde que ele continue olhando nos meus olhos assim. Como se eu fosse o centro do universo dele.

Ele empurra dentro de mim com mais força e captura meu gemido com sua boca. Ele é tão incrível dentro de mim que eu poderia gritar, mas seu beijo ardente me impede de fazê-lo.

Suas estocadas ficam mais frenéticas, e sua língua parece estar ecoando o que sua pélvis está fazendo enquanto ele avidamente arrebata minha boca. Então ele fica tenso, afastando-se do beijo para gemer alto, e eu o sinto crescer impossivelmente duro dentro de mim quando ele atinge seu orgasmo.

É isso. Com um grito abafado, eu gozo, e o êxtase continua pelo que parece uma eternidade.

Ufa. Ainda bem que estou de costas porque acho que não tenho energia para fazer nada além de afundar no colchão. Todos os meus músculos gelificaram.

Ele se esparrama ao meu lado, sua respiração igualmente irregular. — Não acredito que o cachorro dormiu durante tudo isso.

Eu forço meus músculos faciais a funcionar. — Eu sei, certo?

— Fique comigo esta noite — Ele murmura, beijando minha sobrancelha.

Eu aceno sonolenta. — A menos que você esteja se oferecendo para me carregar para o meu quarto, essa é a única opção disponível.

E com isso, deixo-me desmaiar.

CAPÍTULO 31
BRUCE

Acordo no meio da noite com Lilly enrolada em mim como um cobertor de sobrancelhas fofas. As imagens do que eu fiz com ela na noite passada me invadem, endurecendo meu pau.

Ela foi magnífica de novo – e ontem foi de alguma forma um dos melhores dias da minha vida, apesar de ser um aniversário temido.

Como não consigo nem pensar em acordá-la, levanto-me e levo o cachorrinho para passear.

Enquanto caminhamos pelos terrenos iluminados pela lua, percebo que talvez precise reavaliar algumas coisas quando se trata de Lilly. Por um lado, independentemente da nossa diferença de tamanho, nos encaixamos perfeitamente, sexualmente falando. Nunca senti uma mulher tão feita sob medida para mim.

Também posso ter que reconsiderar minha posição sobre namorar uma funcionária. Não é o ideal, com certeza, mas pelo menos não é um ambiente corporativo. Isso tem que ser bom, certo?

Uma coisa é certa: a diferença de idade não é algo para se preocupar. Eu não a vi tirar uma única selfie, expressar qualquer desejo de dançar em boates ou gritar sobre Justin Bieber.

Quando coloco Colosso de volta na cama e me junto a Lilly, decido que vou falar com ela sobre oficializar o que quer que esteja acontecendo entre nós. Mas quando? Após o projeto de criptomoeda? Isso agora parece longe demais.

Não. Falo com ela assim que meus pais forem embora.

CAPÍTULO 32
LILLY

H á um movimento na cama, então eu abro um olho, mal-humorada.

— Bom dia — Murmura Bruce.

— Merda. — Abro o segundo olho. — Eu escovei meus dentes ontem à noite?

Ele bufa. — Nós também não tomamos banho – algo que estou prestes a corrigir.

Ele tira sua parte do cobertor, e vê-lo nu é como café espresso – especialmente porque Titã está duro por algum motivo insondável.

Se eu não me sentisse super nojenta, eu pularia nele.

Espere. Ele acabou de *me* convidar para aquele banho com ele?

Antes que eu possa descobrir a resposta, ouço o tamborilar de pequenas garras no chão de madeira, seguido pelo bater de patas no colchão.

Bruce sorri. — Adivinha quem está acordado também?

Eu me inclino para fora da cama e fico cara a cara com Colosso, que abana o rabo como se fosse todo o seu propósito na vida antes de cair de costas.

Esfregar a barriga. Agora. Rapidinho. Já faz muito tempo desde que recebi algum carinho.

Eu coço a barriga oferecida com um sorriso largo.

— Você o pegou, certo? — Bruce pergunta, ainda pelado de dar água na boca. — Tenho uma reunião em alguns minutos.

— Sim — digo com um suspiro e vejo a maravilha que é a bunda musculosa de Bruce ir embora.

Assim que ele sai de vista, coloco minha roupa de feiticeira, pego o cachorrinho e corro para o meu quarto, sentindo como se estivesse fazendo a caminhada da vergonha.

— Aqui. — Dou a Colosso algumas lascas de batata-doce desidratadas que o chef criou.

Enquanto o cachorro trabalha com a guloseima, faço minha rotina matinal e pondero sobre o que está se tornando uma questão cada vez maior.

O que está acontecendo entre mim e Bruce?

Eu sei o que *não* é mais – um caso de uma noite. Existe algo como um caso de duas noites? Não faço ideia, e sei que deveria falar com ele sobre isso, mas não tenho certeza de como tocar no assunto.

Talvez eu encontre coragem mais tarde hoje?

Por enquanto, preciso levar o cachorro para passear.

———

Quando Colosso e eu voltamos, Bruce está prestes a sair com sua família para jogar golfe.

— Por que você não se junta a nós? — Theodora pergunta.

Balanço a cabeça, sorrindo educadamente. — Colosso e eu temos muito treinamento a fazer.

Isso é decepção no rosto de Bruce? Independentemente disso, o cachorrinho e eu também não tomamos café da manhã – e mais importante, não quero me intrometer no tempo de Bruce com a família.

Como prometido, trabalho com meu pupilo o dia todo, parando apenas para as refeições e, tragicamente, sem esbarrar em Bruce nem uma vez.

Na hora de dormir, tomo banho, escovo os dentes e depilo as pernas e outros lugares necessários antes de vestir o pijama mais sexy que possuo: uma camisola minúscula. Então, devidamente arrumada, levo Colosso para sua cama.

Quando entramos, as luzes estão acesas e Bruce não está lá, mas vejo algo novo.

Uma TV saindo do pé da cama. Ou talvez não seja nova? Talvez tudo o que Bruce precise fazer seja apertar um botão e a TV desliza para fora de algum lugar.

Bruce sai do banheiro vestindo um roupão. — Estamos todos prontos para assistir ao show. Supondo que você ainda queira.

Eu quero um pouco de Netflix e relaxar? Com ele? Minha roupa não responde isso para mim?

— Que tal este? — Eu levanto Colosso.

Bruce se aproxima e esfrega a barriga de seu filho peludo. — Que tal fazermos um pouco daquele treinamento de que falamos?

— Você quer dizer a reação dele ao beijar? — Pergunto, fazendo o meu melhor para não pular para cima e para baixo em minha excitação.

Bruce assente com a cabeça, pega o cachorrinho e o leva para a cama.

Colosso se joga entre as pernas de Bruce e parece desmaiar.

— Vamos ver — diz Bruce, então me agarra e me dá um beijo forte que arrancaria minhas meias (e calcinhas) – se eu estivesse usando alguma.

Ao ouvir o beijo, Colosso se vira para investigar, mas depois se deita.

— Ele está cansado — digo com um sorriso. — Acho que podemos usar isso a nosso favor.

Com isso, eu beijo Bruce novamente.

Recebemos um olhar do cachorro, mas é isso.

No beijo seguinte, Colosso nem se dá ao trabalho de se levantar, então eu o levo para a cama.

— TV? — Bruce pergunta.

— Vamos ver se ele está dormindo — digo e beijo Bruce em voz alta.

Quando o cachorro não reage, Bruce beija meu pescoço, depois minha clavícula e, quando está chupando meu mamilo, esqueço tudo da TV.

———

O dia seguinte passa de maneira semelhante. Eu acordo na cama de Bruce, ele divide seu dia entre o trabalho e sua família, e eu o encontro em seu quarto para assistir *The Witcher*. O que é realmente apenas um código para muito e muito sexo, já que nenhuma TV é assistida. O único problema é que ainda não encontrei uma maneira de levantar a grande questão.

O que exatamente está acontecendo conosco?

Além disso, ele não deveria trazer isso à tona em algum momento? Por que só eu me preocupo? Ou isso é apenas uma aventura sem sentido para ele e não é digno de discussão?

Eu afasto o pensamento, e passamos o dia seguinte da mesma maneira – exceto que *finalmente* conseguimos assistir uns quinze minutos de *The Witcher* antes de Bruce foder meus miolos mais uma vez.

Ainda sem discutir nada.

Está bem então.

No dia seguinte, descubro que a família dele vai ficar por mais uma semana – uma semana que começa praticamente na mesma linha, apenas assistindo esporadicamente a *The Witcher* e muitos orgasmos para mim. Até agora, tive mais orgasmos com Bruce do que em todos os meus relacionamentos anteriores juntos.

No sexto dia, estou com raiva de mim mesma por não ter coragem de conversar, mas ainda mais com raiva de Bruce por não me poupar da necessidade de fazê-lo.

Estou tão chateada com ele que estou realmente

ensaiando as possíveis coisas que direi a ele como castigo enquanto caminho com Colosso pela manhã. Antes de hoje, todas as manhãs, encenei as diferentes versões da conversa "o que está acontecendo entre nós", mas fazer escolhas nunca foi meu forte.

— Me chame de antiquada — Direi a ele quando começo —, mas geralmente não é responsabilidade do cara convidar uma mulher para sair?

Não. Fraco. Vou precisar de algo mais forte se realmente quiser seguir esse caminho. Talvez chamá-lo...

— Ei — diz uma voz familiar, tirando-me dos meus pensamentos.

Oh. Ótimo.

É Champ, fumando um cigarro.

Grr. Desde a festa, fiz o possível para evitar que Colosso e Champ se encontrassem e, como bônus, também fui poupada de ter que cheirar acidentalmente o hálito horrível de Champ novamente.

Apesar de todo o treinamento de socialização, Colosso não corre para Champ, mas também não late para ele nem nada. O cachorrinho simplesmente não se importa com esse humano em particular, o que, para esse cão agora amigável, é quase equivalente ao puro ódio.

— Estou feliz por finalmente ter encontrado você — diz Champ.

Finalmente? Quantas vezes ele fumou aqui na esperança de nos encontrar?

— Você não é alérgico? — Eu gesticulo para o cachorro.

Champ franze a testa para Colosso. — Eu queria encontrar você, não isso. Não que eu possa inalar pelo ao ar livre.

Normalmente caspa e saliva causam alergias, não pelos, mas não quero prolongar desnecessariamente essa conversa, então fico quieta e olho para Champ com expectativa.

Champ olha furtivamente ao redor antes de sussurrar em voz alta: — Podemos conversar?

Eu penso rápido. — Desculpe. Talvez outra hora? Colosso está com sede, e eu também.

— Ah. — Champ joga o cigarro no chão e pisa nele com o tênis. — Acho que te pego mais tarde.

Espero que não. Eu só preciso evitá-lo por mais um dia.

Indo direto para a garagem, solto a coleira de Colosso e o levo para a cozinha para beber e comer.

Ao entrar, vejo o erro estratégico que cometi do lado de fora. Ao mencionar a sede, quase disse a Champ para onde estava indo.

E ele quer *muito* conversar porque aqui está ele, fingindo que está na cozinha por acidente.

Ignorando-o, sirvo um pouco de água para Colosso e pego um lambedor com seu café da manhã.

Antes que eu possa levar minha própria comida para fora, Champ se aproxima e olha em volta antes de sussurrar: — *Agora* posso ter um momento do seu tempo?

Respiro pela boca. — E aí?

— Eu estava pensando sobre suas... taxas — diz Champ, ainda em um sussurro.

Eu pisco para ele. — Minhas taxas? — Ele é alérgico a cães, então por que ele se importaria?

— O preço — Explica. — Para... você sabe.

Eu dou um passo para trás. — Acho que não sei. — E um pressentimento está me dizendo que eu não gostaria de descobrir.

Champ avança para mim, então sou atingida por sua respiração novamente e me pergunto como ele conseguiu comer tanto alho tão cedo. — Eu sei sobre suas idas ao quarto de Bruce... à noite.

— Com licença? — Acho que não ficaria tão abalada se ele apagasse um cigarro na minha testa.

— Por favor, fale baixo. — Ele recua um passo. — Não estou dizendo que há algo de errado com... trabalho sexual. Isso é...

Meu sangue parece que está prestes a explodir. — Eu não sou uma prostituta! — Minhas mãos se fecham em punhos, e estou ansiosa para socá-lo bem no pequeno espaço entre seus olhos.

Champ franze a testa. — Por que pôr rótulos desagradáveis por aí? Só estava perguntando se você poderia fazer por mim o que faz por Bruce.

Minhas narinas dilatam. — Eu não faço trabalho sexual para ele.

Ele revira os olhos. — Você e ele não são um casal, certo? Ele te paga, certo? Você dorme com ele, certo?

Como quer que você chame esse arranjo, eu também quero um, enquanto ainda estamos aqui.

Eu olho para o porta facas e aprecio algumas imagens mentais fugazes de mim usando o grande entalhe para cortar a barriga macia de Champ, como em um filme de terror. A meus pés, ouço Colosso rosnando – ele parece estar captando meu humor assassino.

— Cala a boca — Champ fala com Colosso e levanta o pé ameaçadoramente.

É isso. Algo dentro de mim estala, e meu joelho bate na virilha de Champ.

Dobrando-se, Champ cai no chão, o rosto ficando verde. Agarrando Colosso, corro para o meu quarto e tranco a porta atrás de mim.

Puramente no piloto automático, dou ao cachorrinho um brinquedo para mastigar antes de ceder à fúria que me domina. Furiosa com Champ pelo que ele disse, mas também com Bruce e de mim por acabar nessa situação estúpida: dormir com meu chefe que não parece ter nenhuma intenção de fazer disso um relacionamento.

Nem sei o que estou fazendo quando minhas mãos alcançam a porta do closet, mas parece que meu corpo fez algo que nunca consegui fazer sozinha: tomar uma decisão.

E essa decisão é arrumar minhas coisas.

CAPÍTULO 33
BRUCE

lguém bate na porta do meu escritório assim que termino minha reunião criptográfica.

Poderia ser Lilly? A esperança quente em meu peito me faz sentir como um colegial com sua primeira paixão. Exceto que se fosse ela, não acho que ela iria bater. Ela simplesmente entraria.

— Entre — digo e fecho meu laptop.

Embora eu não tenha achado que fosse Lilly, sinto uma pontada de desapontamento quando vejo a Sra. Campbell.

— Olá, senhor — diz ela, parecendo bastante perturbada.

Eu fico de pé. — O que há de errado?

Ela puxa um pedaço de papel do bolso com culpa. — Eu estava prestes a lavar a roupa de Lilly — diz ela. —, e você sabe como eu sempre verifico todos os bolsos antes de colocar qualquer coisa na máquina de lavar?

Sobrancelhas franzidas, eu assinto.

— Quando eu vi, não quis me intrometer — diz ela. —, mas seu nome foi mencionado com alguns palavrões, então eu...

— Que tal você me passar esse papel — Exijo.

Ela dá um passo à frente, mas não desiste do bilhete.

— Talvez haja uma explicação para isso — diz ela. — Lilly é uma garota tão legal, e vocês dois...

Minha adrenalina dispara. — Me dê isto. Agora.

Arregalando os olhos, a Sra. Campbell enfia o papel em minhas mãos e sai correndo da sala.

Eu leio a nota, cada vez mais perplexo. Parece que Lilly acredita que eu seja a pior pessoa do mundo – igual a gente como Charles Manson, Calígula e Pee-wee Herman.

Mas por quê? Certamente, não é baseado no desempenho no meu quarto.

Então, vejo o motivo no final da carta e abro meu laptop para verificar.

Caralho. É verdade. Meu banco executou a hipoteca da casa dos pais dela.

Não é de admirar que ela tenha sido tão hostil comigo no começo. E tão anti-negócios.

Mas como isso combina com o que temos feito?

O sangue sai do meu rosto.

É possível que ela tenha decidido pela forma mais distorcida de vingança – fazer com que eu goste dela e depois ler para mim este monólogo horrível?

Reli o bilhete novamente, a raiva substituindo parte

do choque e da mágoa. Então, como um masoquista, li mais uma vez. E mais uma vez.

Depois de ler pela centésima vez, enfio o papel no bolso e saio da sala.

Lilly e eu vamos ter uma conversa.

CAPÍTULO 34
LILLY

Que diabos? Uma tonelada de minhas roupas sumiu.

Oh. Certo. Lembro-me vagamente de Prudence dizendo algo sobre lavar minha roupa.

Certo. Que seja. Não é sobre as coisas. Eu só preciso da minha casa. Meu espaço, onde posso pensar.

Agarrando uma mala cheia de porcarias aleatórias, sigo para a porta – e esbarro no peito de cimento de Bruce.

Uau.

Seus olhos são como dois icebergs enquanto ele me olha. — Indo para algum lugar?

Minha mágoa e raiva transbordam e, novamente, meu corpo toma a decisão por mim enquanto minha língua forma as palavras. — Certo. Eu desisto.

Imediatamente, quero retirá-las, mas é tarde demais. Seus olhos ficam ainda mais frios e suas narinas dilatam.

— Oh? — Sua voz é nítida. — Cansada da farsa?

Farsa? Eu? É possível ser muito emocional para entender as palavras? Ou ele está me acusando de algo, como dar as boas-vindas aos avanços grosseiros de Champ?

Na verdade, eu fico puta. — O que aconteceu foi *sua* culpa.

Estranhamente, sua expressão esquenta um pouco. — Não é como se eu estivesse envolvido, pessoalmente.

Ele está tentando desculpar o comportamento de Champ? — Falar com você foi um erro.

Algo marca em sua mandíbula. — Digo o mesmo.

— Certo. — Eu o empurro para fora do meu caminho, sentindo que estou prestes a chorar. — Adeus.

CAPÍTULO 35
BRUCE

Colosso choraminga.

Caralho.

Lá fui eu e briguei na frente dele mais uma vez.

Agarrando-o, me sento na cama que era de Lilly até alguns segundos atrás e acaricio o pelo celestial. Enquanto os olhos do cachorro reviram de prazer, eu também me acalmo, o suficiente para ter pensamentos semicoerentes.

Como, por exemplo, que eu deveria estar aliviado por ela ter me poupado da necessidade de apresentar suas anotações, mas não estou. Que eu deveria estar feliz por ter descoberto a duplicidade de Lilly antes de sentir demais, mas não estou... possivelmente porque já é tarde demais.

Não. Não há razão para perder tempo seguindo essa linha de pensamento.

Provavelmente me sentirei melhor se segurar

minha raiva. Quero dizer, quão louca ela estava agindo quando entrei? É ilógico, mesmo que eu leve em conta o fato de que o córtex pré-frontal das pessoas (a parte racional do cérebro) não se desenvolve totalmente até os 25 anos de idade, e ela tem apenas 23 anos.

Ainda assim. Agora que estou um pouco mais calmo, algo sobre nosso encontro não faz sentido.

Particularmente isso: por que ela já estava saindo quando eu entrei? Faria muito mais sentido se ela tivesse saído furiosa *depois* que eu dissesse a ela o que pensava sobre as anotações.

Algo que eu nem tive a chance de fazer.

É quase como...

Meu telefone toca, e meu primeiro pensamento é que pode ser Lilly, ligando para pedir seu emprego de volta. E pedir desculpas.

Tudo bem, talvez seja mais como se eu esperasse que fosse Lilly.

A pessoa que ligou, no entanto, é mamãe.

Estou tentado a não atender, mas o dever filial vence.

— Mãe, oi. Está tudo bem?

— Oi, Brucie — Mamãe diz em seu tom otimista de sempre. Com uma voz mais severa, ela pergunta: — Você brigou com o namorado da sua irmã?

— O quê? — Eu olho para Colosso como se ele pudesse ter respostas.

Mamãe suspira. — Você sabe que Angela não é mais uma adolescente e que, mesmo naquela época, você saía da linha quando...

— Eu não briguei com o cara dela — Afirmo lentamente. Quero dizer, quando ele convidou Lilly para dançar na outra semana, fiquei tentado, mas parar é para o que serve um córtex pré-frontal totalmente desenvolvido. — O que te deu essa ideia?

— Alguns minutos atrás, eu o vi se levantando do chão da cozinha — diz ela. — Ele se esquivou das minhas perguntas sobre o que aconteceu, como se estivesse envergonhado.

— Isso é estranho.

— Eu sei, não? — Ela diz. — Angela também disse que não tinha ideia. Falando em Angela, ela disse que vai terminar com ele, e estou feliz, porque você sabe como sempre me senti em relação ao fumo passivo e...

Ignoro o resto do que mamãe diz porque algumas peças do quebra-cabeça estão se encaixando, e não gosto nem um pouco da imagem que surge. Poderia haver uma conexão entre os dois eventos estranhos da partida repentina de Lilly e o que mamãe está falando?

Colocando o cachorrinho no chão, digo a mamãe que preciso ir.

— Claro, querido — Ela diz e desliga.

Corro para o meu escritório e pego as imagens de vigilância da cozinha.

CAPÍTULO 36
LILLY

Bato a porta da frente e largo a mala.

Enquanto olho em volta, encontro outro motivo para estar chateada com Bruce: graças a estar em sua mansão por tanto tempo, meu lugar agora parece um casebre.

E eu quero chorar mais do que nunca.

Eu também estou estranhamente entorpecida.

E ainda com raiva.

Tão, tão brava.

Como pude ser tão estúpida a ponto de dormir com um cara que recentemente considerei meu inimigo? Ou desenvolver sentimentos por seu cachorro? Apenas o cachorro dele, lembre-se. Ele não. De jeito nenhum pode ser ele.

Espontaneamente, imagens de nosso Netflix e sessões de relaxamento aparecem em minha mente enquanto meu peito começa a doer e a pressão aumenta atrás de meus olhos.

Quando comecei a arrumar minhas coisas na mansão, esperava me sentir melhor quando chegasse em casa, mas não sinto nada. Uma parte de mim também deve ter esperado que Bruce me impedisse, mas ele fez quase o contrário.

Pensando sobre isso, foi um pouco estranho.

O que foi aquilo sobre farsa?

Além disso, quando eu disse a ele que a coisa com Champ era culpa dele, sua resposta foi confusa.

Como ele sabia o que aconteceu com Champ, em primeiro lugar? Não consigo imaginar o namorado de Angela denunciando a si mesmo.

Espere. Por que estou pensando em Bruce de novo? Ele não merece isso.

Meu telefone toca, e Bruce é a primeira pessoa em quem penso.

A pessoa que liga é Prudence — e isso pode ser o melhor.

— Oi, Lilly — Ela diz, soando estranhamente culpada. — Eu queria me desculpar.

— Pelo quê?

— Pelo que quer que Bruce tenha dito — diz ela. — Depois que dei a nota a ele, me arrependi de fazê-lo.

Quase derrubo o telefone. — Que nota?

— Eu estava prestes a lavar sua roupa — diz Prudence. —, e eu sempre verifico todos os bolsos antes de colocar qualquer coisa na máquina de lavar, porque uma vez estraguei do Sr. Roxford...

— Quando você deu a ele essa nota?

Ela me disse.

— Merda.

— De novo — diz ela. — Desculpe. Trabalho para o Sr. Roxford há...

— Está bem. Mas eu tenho que ir. — Com isso, eu desligo.

Eu tento lembrar o que escrevi, e não é bom. A ideia de Bruce lendo aquele fluxo de ácido me enche de pavor. Obviamente, não quero mais dizer uma palavra sobre isso, mas é tarde demais.

Ele sabe sobre a execução hipotecária e acha que eu o odeio. Daí a palavra "farsa" e a fala sobre não se envolver. Ele quis dizer que não executa hipotecas pessoalmente – ele tem pessoas para isso.

Meu coração aperta quando imagino como me sentiria se nossos papéis fossem invertidos. Não é à toa que ele parecia tão chateado quando invadiu meu quarto. Ele deve ter vindo me despedir e dizer que nunca mais quer falar comigo, mas eu o poupei do trabalho.

Porra.

O que eu fiz?

Como posso consertar isso?

Pode mesmo *ser* consertado?

Eu afundo no sofá quando a represa que estava segurando minhas lágrimas se quebra.

CAPÍTULO 37
BRUCE

Vou demitir todas as pessoas da minha equipe de segurança inútil. Acontece que não há como pular as imagens de segurança. Ela grava em um loop de sete dias, e hoje era o sexto dia, o que significa que tenho que avançar seis dias com pessoas mastigando e bebendo na cozinha.

Eu escolho fazer isso – não importa o quanto eu queira rastejar pelas paredes. Se estou certo em minha suspeita, devo isso a Lilly.

Caralho. Lá está a porra do Champ, comendo a porra do macarrão.

Eu bato na mesa com o punho, o que não me faz sentir melhor. Então eu observo com os olhos semicerrados, e isso também não ajuda muito, especialmente quando o filho da puta segue o macarrão com um Slurpee que ele conseguiu Deus sabe onde.

Essas coisas são a pior invenção desde o amianto e a

gasolina com chumbo. Até o nome é nojento e ridículo, a última coisa em que você quer pensar ao comprar uma bebida.

Esse é outro golpe contra minha equipe de segurança – o Slurpee está entre muitos desses produtos proibidos em minha propriedade.

Quando penso que minha cabeça vai explodir, chego à filmagem desta manhã e diminuo a velocidade do vídeo – embora tenha que sofrer com o show de terror que é o café da manhã de todos.

Lá está. Champ entra na cozinha sem motivo aparente.

Alguns minutos depois, Lilly e Colosso entram.

Aumentando o som, observo e ouço atentamente e, ao fazê-lo, meus punhos se fecham dolorosamente.

Quando acaba, minha visão está embaçada pela fúria que assola dentro de mim. Usando o mesmo sistema de segurança, triangulo a localização atual de Champ, e minhas pernas me levam até ele, quase como se tivessem vontade própria.

— Ei — Champ diz para mim quando eu o alcanço no corredor leste. — Como está...

Meu punho bate em sua mandíbula, com força. Ele voa e cai no chão, como o saco de merda que ele é.

Espero que ele se levante, planejando reencenar o resto do meu treino de boxe.

— Que diabos? — Minha irmã exige, correndo pelo corredor.

Ela viu o soco?

— Ele teve sorte de eu só ter dado um soco nele — Resmungo.

— O que aconteceu? — Angela pergunta, franzindo a testa.

Eu digo a ela, e quando termino, seus olhos parecem enevoados, mas ela não chora. Em vez disso, ela caminha até o corpo flácido de Champ e o chuta nas costelas.

— Acabamos, porra!

Champ grita de dor.

— Levante-se — Eu ordeno a ele.

Champ se levanta trêmulo. — Vou processar — Lamenta.

— Boa sorte — diz Angela friamente. — Os advogados do meu irmão farão hambúrgueres com os seus.

Eu agarro Champ pelo colarinho da camisa e o levanto do chão. — Você tem cinco minutos para desaparecer da minha propriedade. Se você chegar perto de Lilly ou da minha irmã de novo, será o seu fim.

Assim que eu solto sua camisa, Champ sai correndo — e eu luto contra impulsos assassinos enquanto o vejo ir.

— E Lilly? — Angela pergunta.

— Ela foi embora — Resmungo, e Champ tem sorte de eu não ter uma arma comigo neste momento.

Angela franze a testa. — Foi?

— Desistiu — digo. — De mim e do trabalho.

Angela coloca uma mão reconfortante no meu ombro. — O que você vai fazer?

Nem preciso pensar na minha resposta. — Eu vou buscá-la de volta.

CAPÍTULO 38
LILLY

Não sei por quanto tempo choro; só sei que em algum momento meu telefone toca e me obrigo a parar para atender.

— Oi, querida — Mamãe diz. — Tenho notícias inacreditáveis.

Fazendo o possível para não fungar audivelmente, pergunto: — O que aconteceu?

— O banco ligou — Exclama papai. — Oh, você está no viva-voz, a propósito.

— O banco? — Mesmo que seja uma conexão tênue com Bruce, meu peito aperta.

— Sim. Eles admitiram que cometeram um erro durante nosso processo de execução hipotecária...

— Que erro? — Pergunto. A execução não é tão simples quanto: quando você não paga, você perde a casa?

— Não entendíamos o juridiquês — diz mamãe. —,

286

mas, para encurtar a história, para compensar o erro, eles estão nos devolvendo a casa, de graça.

Minha pele fica arrepiada. — O banco não vendeu? — E meus pais são realmente tão ingênuos?

— Eles compraram de volta daquela família, então podemos voltar em um mês — diz papai, entusiasmado. — Você acredita nisso?

Sim. Eu acredito que eles vão ficar com a casa. O que não acredito é na história que o banco contou a eles. O que realmente aconteceu é que Bruce soube da execução hipotecária por meio de minha nota e decidiu revertê-la. O que é uma loucura. Mas por que ele...

Alguém bate na minha porta, me assustando.

Algum sexto sentido me diz quem pode ser – e espero que não seja uma ilusão.

— Mãe, pai, estou muito feliz por vocês — Falo. —, mas podemos conversar mais depois? Tenho que correr.

— Para lidar com seu patrão tão exigente, sem dúvida — diz mamãe, provavelmente para papai.

Desligo e corro até a porta para olhar pelo olho mágico.

O vislumbre de esperança se transforma em um brilho intenso em meu peito quando vejo os olhos azul-oceano quentes olhando para mim.

Com as mãos trêmulas, destranco a porta e deixo Bruce entrar.

Ele parece ocupar todo o meu lugar, fazendo-o parecer ainda menor.

— Oi — digo, com o coração martelando no meu peito.

— Obrigado por me deixar entrar — Ele murmura. — Eu não tinha certeza...

— Acabei de ouvir de meus pais — Deixo escapar. — Você fez...

— Desculpe se isso foi um pouco pesado — diz ele. — Eu sei que não posso corrigir todos os erros que meu banco já cometeu, mas como eu poderia ajudar neste caso, pensei em...

— Você está se desculpando por nos devolver minha casa de infância? — Não sei se minhas palpitações cardíacas são um sinal de arritmia e, portanto, justificam uma ligação para o 9-1-1 ou não.

— Falando em desculpas, sinto muito pelo que aconteceu com Champ. — A expressão de Bruce escurece. — Tenha certeza, ele nunca mais vai incomodá-la. Ele e minha irmã terminaram, então se ele...

— Eles terminaram? — Pergunto baixinho. — Isso significa que ela vai levar Colosso de volta? — Por que eu perguntei isso, dentre todas as coisas?

Bruce balança a cabeça. — Angela terá que arranjar um cachorro novo. Colosso é meu.

Oh, não. Sinto que vou começar a chorar de novo, e não sei por quê. — Como você descobriu sobre...

— Câmera de vigilância na cozinha — diz ele.

Ah. Certo. Ele realmente me contou sobre isso uma vez.

— É por isso que você veio? Para me dizer isso? —

Eu percebo que de alguma forma isso deveria ter sido minha primeira pergunta, mas eu estava com muito medo de perguntar. Se ele disser algo como: "Estou aqui para fazer você voltar ao trabalho", o gêiser atrás dos meus olhos pode explodir, molhá-lo e então...

— Quero que você seja minha namorada — Declara Bruce solenemente. — Estar comigo. Ser minha. Qualquer que seja a terminologia que as crianças estejam usando atualmente.

Eu fico boquiaberta com ele, sem saber se ouvi direito.

Ele se aproxima. — Você não precisa responder agora. Eu sei que muita coisa aconteceu e...

— Sim — digo, um pouco alto demais. Não tenho certeza se é o calor de seu corpo ou seu cheiro, mas começo a ficar tonta. — Eu serei sua... quero dizer, sua namorada. Ou sua pequena, ou o que quer que os velhos como você chamassem nos dias de antigamente.

— Bom. — Ele se aproxima, os olhos brilhando. — Há algo mais.

Eu arqueio uma sobrancelha porque sua proximidade está fazendo minha respiração muito rápida para um discurso coerente.

Bruce pega minha mão e a leva ao peito. — É algo que eu provavelmente deveria esperar para contar a você. Pelo menos até termos mais alguns encontros e passar mais tempo.

— Diga-me, o quê? — Eu respiro.

— Eu te amo. — Ele aperta minha mão delicadamente. — Eu amo como você é bondosa, especialmente com Colosso. Eu amo o seu entusiasmo pela vida – como em tão pouco tempo você conseguiu me fazer apreciar o que tenho e até mesmo começar a curtir. Eu amo...

— Eu também — Deixo escapar. — Amo você, quero dizer. E desculpe interromper, mas você continuou falando sem parar e...

Nossos lábios se chocam, e seu beijo é tão apaixonado quanto possessivo.

O beijo me diz que somos oficiais.

Isso me diz que sou dele.

EPÍLOGO
BRUCE

Sento-me em um teatro que aluguei, cercado por familiares e amigos – tanto meus quanto da Lilly. Ao nosso redor está uma multidão de pais de cães tão orgulhosos quanto eu, seus filhotes fofos em uma coleira ao lado de suas cadeiras vestidos com um uniforme de formatura feito sob medida. Os cachorros, quero dizer. Embora alguns pais também estejam usando uma versão dele.

— Chewbacca Stevenson — Lilly diz do palco, e ouço minha irmã rir. Ela e Lilly costumam implicar uma com a outra quando se trata de inventar nomes bobos para cachorros, e as referências de *Star Wars* são essenciais para ambas.

Espero que esse cachorro não seja Chewie. Para aqueles com misofonia como eu, isso é o equivalente a chamar um cachorro com referência à mastigação, tipo Macarrão.

A senhora à minha esquerda sorri e pede a seu

Pastor Alemão (que se parece com seu homônimo) que vá até Lilly.

Quando eles chegam até ela, Lilly aperta a mão da mulher e pede a Chewbacca para lhe dar uma pata, o que ele (suponho que seja ele) faz. Finalmente, Lilly entrega à senhora um rolo de papéis oficiais, enquanto Chewbacca recebe um dos troféus comestíveis encomendados para esta ocasião específica.

Todos nós rimos enquanto Chewbacca devora sua recompensa duramente conquistada.

Lilly chama o próximo cachorro e, desta vez, a onda de orgulho que sinto não é pelo meu filho peludo, mas por ela. Ela fez isso. Ela realizou seu sonho e aqui está a primeira turma de formandos de sua nova escola de cães – Barkshire Pawaway.

Quando olho para os rostos dos pais de Lilly, posso vê-los chorando e aposto que compartilham o mesmo sentimento. E, ei, eles têm o direito de se orgulhar. Lilly conseguiu isso de forma suave e rápida, poucos meses depois de se mudar oficialmente comigo (não que ela tenha ficado em sua própria casa quando estávamos "apenas namorando").

Enquanto Lilly chama o próximo graduado, ela acena com o braço tonificado, o que me deixa desconfortável na região da virilha.

Não isso de novo. Meu Titã vai crescer, como ela o chama, e para me acalmar penso em contadores do governo tomando sopa.

Não. 'Para baixo' é um comando difícil para Titã dominar quando Lilly está por perto.

Vai entender. Colosso e eu seremos chamados ao palco a qualquer momento, e estarei de pau duro.

O que é pior, os cachorros podem saber que estou excitado. Quero dizer, se Lilly pode ensiná-los a acalmar uma pessoa quando estressada, ou indicar que ela precisa de uma injeção de insulina, isso parece bem fácil em comparação.

— Noodle Schwartz — diz Lilly.

Uau. É como se esses donos estivessem tentando fazer seus cachorros parecerem horríveis. Pelo menos as coisas estão esfriando para o meu pau – especialmente quando também imagino Hitler bebendo um Slurpee.

— Este último cachorro tem um lugar especial no meu coração — diz Lilly. — Assim como seu dono.

Todos ao nosso redor fazem *oohs* e *aahs*.

— Colosso Roxford — diz Lilly. — Venham aqui, queridos.

Quando Colosso e eu subimos no palco, ouvimos palmas e aplausos ensurdecedores.

Lilly começa com o prêmio comestível primeiro e, enquanto Colosso o come, ela me dá um beijo na frente de todos.

Caramba. Nenhum pensamento de macarrão ou mesmo um Slurpee pode domar a ereção bestial que resulta.

Quando Lilly percebe, ela ri e sussurra: — Saia pela lateral do palco. Vou caminhar com você e bloquear *isso* com meu corpo. Ou o máximo que eu puder, com Titã sendo tão grande e eu tão pequenininha, é claro.

Fazemos o que ela diz e, assim que saímos da vista das pessoas, roubo outro beijo, mesmo que seja contraproducente para a minha situação atual.

Alguém limpa a garganta.

Olhando por cima do meu ombro, Lilly ri novamente. — Johnny, você pode levar Colosso para um passeio, por favor?

Tirando a coleira das minhas mãos, ela a entrega ao meu assistente.

Quando estamos sozinhos, ela me puxa para um camarim e tranca a porta.

Tudo bem. Eu tiro nossas roupas e faço amor frenético com ela – com minha mão abafando seus gritos apaixonados no caso de alguém estar do outro lado das paredes finas como papel.

Depois, Lilly arruma o cabelo e pega o sutiã. — Quem diria que a cerimônia de formatura seria um afrodisíaco tão potente?

— Sua mera presença faz isso por mim — digo. — E parabéns, de novo.

Pego meu telefone e digo ao meu assistente que ele pode voltar com Colosso – e que ele deve trazer o codinome "Grande Surpresa" com ele ao mesmo tempo.

No momento em que estamos vestidos, há uma batida na porta.

— Tenho uma coisa para você — digo a Lilly. — Algo, ou melhor, alguém, que eu acho que você vai gostar.

As sobrancelhas de Lilly – que secretamente chamei

de Borat e Super Mario – ficam animadas, como se estivessem apenas implorando para que eu as beije de novo.

Mas não vou, pois isso pode levar a outra sessão de sexo e temos companhia.

Falando nisso... — Entre — digo.

Eles o fazem, e Lilly fica boquiaberta com o codinome "Grande Surpresa". Em um suspiro, ela pergunta: — É outro Chihuahua?

— Correto. — Sorrio. — Eu a peguei em um abrigo hoje cedo. Enquanto você pensava que Colosso e eu estávamos fazendo aquela longa caminhada. E caso você esteja preocupada, os dois se amaram à primeira vista.

Faço um gesto de despedida para meu assistente e, quando ele sai, Lilly envolve a cachorrinha em um abraço. — Você deu o nome dela?

Eu balanço minha cabeça. — Achei que você gostaria de fazer as honras.

Ela coça o cachorro sob o queixo peludo. — O que você acha de Gargantua?

Eu olho a cachorra de novo. Ela tem o casaco liso marrom-claro que ficou famoso pelo companheiro de Paris Hilton e pelos comerciais da Taco Bell. — Esse nome parece derivado de Colosso, mas mais importante, Gargantua era o nome de um gigante masculino.

Lilly mostra a língua para mim. — Spencer é nome de menino, mas se eu tiver uma menina, é assim que vou chamá-la.

Ela está brincando com fogo lá porque, se tivesse a chance, eu colocaria uma menina – ou menino – nela em um piscar de olhos, mas ela ainda não está pronta.

— Que tal você debater nomes com Angela mais tarde hoje? — Sugiro.

Depois de um começo difícil, e para minha surpresa, essas duas mulheres tão diferentes se tornaram boas amigas.

Lilly sorri. — Ela adoraria isso, mas acho que tenho um nome. Roach.

— Ah — digo. — Perfeito. — Na verdade, há outra coisa — digo. — Pertencente à minha irmã.

Lilly transforma Borat em um fac-símile de um ponto de interrogação.

— Finalmente decidi qual será meu hobby — digo. —, e Angela vai me ajudar com isso.

— Ah. Você finalmente percebeu que me dar orgasmos não é um hobby de *verdade*. — Lilly pisca para mim. — Não que eu não aprecie isso.

Eu a puxo para perto, mas resisto a beijar seus lábios no momento, pois isso seria prejudicial para falar.

— Estou abrindo um local para resgate de cães — digo, olhando em seus olhos. — Na propriedade.

Borat e Super Mario sobem pela testa de Lilly com entusiasmo. — Eu amo! — Ela exclama. — Eu realmente, realmente quero isso.

— E eu te amo — digo e reivindico seus lábios no beijo mais apaixonado de todos.

AGRADECIMENTOS

Obrigado por fazer parte da aventura de Lilly e Bruce! Certifique-se de nunca mais perder um lançamento, inscreva-se na newsletter em www.mishabell.com/pt.

Se você quer mais histórias de Misha Bell, vire a página e leia trechos de outros livros hilários!

TRECHO DE UM AMOR EM PROMOÇÃO

Honey Hyman (NÃO a chame de "querida", "docinho" ou qualquer coisa parecida) é toda de couro, piercings e tatuagens. E sim, ela pode ser um pouco obcecada por promoções, mas quem não é? Não é como se ela estivesse usando cupons para roubar de alguém... a menos, é claro, que esses cupons sejam falsos, e ela os criou para ajudar seus vizinhos idosos a comprar mantimentos no supercaro supermercado, Munch & Crunch, que substituiu a mercearia local.

Realmente não é justo ela ir para a cadeia. Ou ser chantageada para trabalhar para o CEO da Munch & Crunch, a quem ela supostamente fraudou – um CEO que acaba por ser ninguém menos que Gunther Ferguson, sua paixão do colégio, que uma vez arruinou seu histórico escolar e sua vida.

Que comece a guerra.

— Honey Hyman — diz ele com desgosto – e o choque toma conta de mim quando reconheço seu barítono deliciosamente profundo, que ele tem desde a adolescência.

— Gunther Ferguson? — Eu deixo escapar incrédula.

É possível que eu o tenha invocado pensando nele no caminho para cá, como se invocasse um demônio? Ou talvez eu tenha adormecido no carro da polícia e esteja sonhando?

Se não, então este homem é o que aconteceu com o garoto que eu odeio, aquele que me meteu em problemas na escola, provando, assim, que o carma é um maldito mito. Se houvesse justiça no mundo, ele teria se deformado e encarquilhado com o tempo, como um senhor malvado dos Sith, mas aconteceu o contrário.

Como um vampiro de Anne Rice, a transformação do mal o deixou mais bonitão.

— Se fazer de boba é o seu último jogo? — Gunther pega uma pilha de cupons e os joga na mesa. — Você vai fingir que não sabia que é da minha loja que você está roubando?

Atordoada, eu olho para baixo.

Sim. Esses cupons habilmente falsificados são para aquele Munch & Crunch esmagador de pequenas empresas. E, de fato, são meus trabalhos manuais – mas essa loja faz parte de uma rede multinacional de supermercados, então, como pode ser dele? A menos que...

— Você possui aquele Munch & Crunch, como uma franquia? — Pergunto estupidamente.

Ele zomba. — Eu possuo toda a empresa. Como se você não soubesse disso.

Eu pisco. — Como eu saberia disso?

Ele aponta para os cupons. — Da mesma forma que você sabe como fazer com que pareçam indistinguíveis da coisa real.

Espera aí. Ele é apenas um policial esperto? — Não pretendo me incriminar. Supondo que sejam realmente falsos, tenho certeza de que quem os criou os fez para ajudar seus vizinhos idosos que costumavam fazer compras no local que seu Munch & Crunch impiedosamente tirou do mercado. Essas pessoas não podem pagar seus preços regulares. De qualquer forma, como aquela pessoa misteriosa poderia saber que você tinha algo a ver com a loja? Eu sei que pessoas como você pensam que são o centro do universo, mas isso não é verdade.

Ele suspira. — Primeiro, você fez a mesma coisa com meu pai. Agora, comigo. Se isso não for direcionado, devo presumir que você fez tantos cupons fraudulentos que isso inexoravelmente aconteceu novamente.

Empurro os cupons para longe. — Não estou admitindo nada, mas, e a falta de sorte?

Seus lábios cheios se curvam em um sorriso de escárnio. — Não acredito em sorte.

— Ah, a sorte existe. — Má sorte é a única coisa que pode explicar como sua boca parece tentadora, apesar do que está dizendo.

— Você pode prevaricar o quanto quiser, mas o caso contra você é hermético. Na verdade, fui levado a acreditar que você enfrentará a prisão desta vez. A menos que...

Espere. Isso é chantagem? — A menos que o quê?

Uma dúzia de cenários impertinentes do que ele pode exigir de mim se desenrolam em minha mente – alguns envolvendo algemas (porque, delegacia de polícia); outros, cera de vela (não faço ideia do porquê) e um monte mais com uma cama coberta de cupons BOGO.

Seus olhos verdes brilham triunfantemente. — A menos que você trabalhe para mim. Então retirarei as acusações.

Um Amor Em Promoção está disponível. Visite nossa página www.mishabell.com/pt/ para saber mais.

302

TRECHO DE BILIONÁRIO MAL-HUMORADO

Juno

Quando me atraso para uma entrevista de emprego, ao ficar presa num elevador com um cara irritantemente sexy, obcecado pela Roma Antiga e mal-humorado, a última coisa que espero é que ele seja o bilionário dono do prédio. Também não espero quase matá-lo... acidentalmente, é claro.

Não consigo o emprego, mas uma proposta muito mais interessante surge no horizonte. Lucius precisa enganar o público (e a avó) de que tem uma namorada, e eu preciso do dinheiro para pagar minha faculdade. Nosso arranjo é mutuamente benéfico, até que algo me atinge.

Ser fascinada por cactos me ensinou algo: ficar perto demais pode causar ferimentos.

Lucius

Ficar preso naquele elevador me trouxe três consequências: minha garrafa d'água cheia de xixi, uma reação alérgica quase mortal e fotos de uma 'namorada' que fazem minha avó muito feliz.

O último ponto faz com que eu convença essa garota (muito fofa, por sinal) a fingir ser minha namorada. Assim, deixo minha avó radiante e me livro das caça-fortunas.

Infelizmente, meu arqui-inimigo, a saber, a biologia, faz com que o plano inicial se torne difícil de ser cumprido, e estar perto de Juno não ajuda em nada.

Se eu não tomar cuidado, estarei aos (belos) pés de Juno muito mais rápido do que a queda da Roma Antiga.

———

— Você está me chamando de estúpida? — Eu estalo. Qualquer um pode ter problemas com esses malditos botões, não apenas uma pessoa com dislexia.

Ele olha incisivamente para os botões. — Estúpido é quem faz estupidez.

Eu cerro meus dentes, dolorosamente. — Você é um babaca. E já assistiu *Forrest Gump* muitas vezes.

Seus lábios se achatam. — Esse filme não foi a

origem desse ditado. É do latim: *Stultus est sicut stultus facit.*

Reviro os olhos. — Que tipo de *stultus* pretensioso cita latim?

O aço em seus olhos é tão frio que aposto que minha língua ficaria presa se eu tentasse lamber seu globo ocular. — Não sei. Talvez o 'idiota' que por acaso goste de tudo relacionado a Roma, incluindo seus numerais.

Meu queixo cai aberto. — Você tomou essa decisão? — Aponto em direção aos botões do elevador.

Ele concorda.

Merda. Ele provavelmente me ouviu antes, o que significa que comecei os insultos. Em minha defesa, ele fez uma escolha idiota.

Eu expiro frustrada. — Se você é um especialista em algarismos romanos, poderia ter me dito qual deles pressionar.

Ele cruza os braços sobre o peito. — Você não me perguntou.

Meus pelos se levantam novamente. — Perguntar a você? Parecia que você poderia arrancar minha cabeça apenas por existir.

— Isso é porque você atrasou...

O elevador para e as luzes ao nosso redor diminuem.

Nós dois olhamos para as portas.

Elas permanecem fechadas.

Ele se vira para mim e estreita os olhos acusadoramente. — O que você pressionou agora?

— Eu? Como? Eu estava olhando para você. Infelizmente.

Com um irritante aceno de cabeça, ele caminha em direção ao painel com os botões, e eu tenho que pular antes de ser pisoteada.

— Você provavelmente pressionou algo mais cedo — Ele murmura. — Por que mais estaríamos presos?

Por que é ilegal sufocar as pessoas? Apenas alguns segundos com minhas mãos em sua garganta seriam um exercício calmante.

Em vez disso, olho para suas costas, as que estão bloqueando minha visão do que ele está fazendo, se é que está fazendo alguma coisa. — O pobre elevador provavelmente cometeu suicídio por causa desses algarismos romanos. Ele sabia que quando alguém vê coisas como L e XL, pensa em tamanhos de camiseta para tipos Neandertal como você. E nem me fale daquele botão XXX, que é uma clara referência à pornografia. Isso cria um ambiente de trabalho hostil...

— Você pode calar a boca para que eu possa nos tirar disso? — Ele solta.

Suas palavras trazem a realidade de nossa situação: já se passou mais de um minuto e as portas ainda estão fechadas.

Caro saguaro, estou realmente presa aqui? Com esse cara? E a minha entrevista?

— Silêncio, finalmente — Ele diz com satisfação e se move para o lado, então eu o vejo enfiar o dedo no botão "ajuda".

— É um milagre que não esteja em latim — Não posso deixar de dizer. — Ou Klingon.

— Olá? — diz ele no alto-falante sob o botão, sua voz cheia de irritação.

Nenhuma resposta, nem mesmo estática.

— Alguém aí? — Seu aborrecimento está claramente subindo a novas alturas. — Estou atrasado para uma reunião importante.

— E estou atrasada para uma entrevista — Eu interrompo, caso isso importe.

Ele faz uma pausa para arquear uma sobrancelha grossa para mim. — Uma entrevista? Para qual cargo?

Eu fico mais ereta. — Tenho certeza de que pessoas como você não percebem isso, mas as plantas deste prédio não cuidam de si mesmas.

Espera. Eu falei demais? Ele poderia atrapalhar minha entrevista – supondo que essa situação fodida do elevador ainda não o tenha feito? O que ele faz aqui, afinal – projeta elevadores ridículos? Isso não pode ser um trabalho de tempo integral, pode?

— Uma abraçadora de árvores — Ele murmura. — Logo vi.

Que idiota. Nunca abracei uma árvore na minha vida. Estou muito ocupada conversando com elas.

Ele volta sua atenção carrancuda para o botão "ajuda" – embora agora eu esteja pensando que deveria ter sido rotulado como "sem ajuda".

— Olá? Você pode me ouvir? — Ele grita. — Responda agora, ou está demitido.

Reviro os olhos. — É uma boa ideia ser um idiota com a pessoa que pode nos salvar?

Ele solta um suspiro audível. — Não importa. O botão deve estar com defeito. Eles não ousariam me ignorar.

Pego meu fiel telefone, um belo e simples Nokia 3310. — Você se acha, não?

Ele olha para minhas mãos, incrédulo. — Então é por isso que o elevador emperrou. Ele passou por uma distorção do tempo e nos transportou para 2008.

Eu franzo a testa com a falta de sinal no meu Nokia. — Esta versão foi lançada em 2017.

— Ainda parece mais idiota do que um boneco de teste de colisão com morte cerebral. — Ele orgulhosamente puxa um iPhone do bolso. — É *assim* que um telefone deve ser.

Eu zombo. — É assim que a distração constante se parece. De qualquer forma, se o seu iPhoneNãoTãoEsperto – marca registrada – é tão bom, deve ter alguma recepção, certo?

Ele olha para a tela, mas posso dizer que ele já sabe a verdade: nenhuma recepção para seu queridinho também.

Ainda assim, não consigo resistir. — Viu? Seu telefone genial é tão inútil quanto. Só serve para transformar as pessoas em zumbis que checam as redes sociais.

Ele esconde o dispositivo, como um pai protetor. — Além de todas as suas qualidades cativantes, você também é uma tecnófoba?

Debato sobre jogar meu Nokia na cabeça dele, mas decido que não vale a pena gastar sessenta e cinco dólares para substituí-lo. — Só porque não quero me distrair não significa que sou uma tecnófoba.

— Na verdade, meu telefone é ótimo para bloquear distrações. — Ele coloca os fones de ouvido de volta nas orelhas. — Vê? — Ele aperta o play e ouço os acordes fracos de heavy metal.

— Muito maduro — Murmuro para ele.

— Desculpe — diz ele excessivamente alto. — Não consigo ouvir nenhuma distração.

Certo. Que seja. Pelo menos ele tem bom gosto para música. Meu cacto e eu somos grandes fãs do Metallica, que é o que eu acho que ele está ouvindo.

Começo a andar de um lado para o outro.

Estou presa e atrasada. Se essa paralização de elevador não se resolver em um ou dois minutos, posso praticamente dar adeus ao novo emprego – e, por extensão, ao dinheiro da mensalidade. Sem dinheiro para mensalidades significa sem diploma de Botânica, que tem sido meu sonho nos últimos anos.

Pelos sucos do saguaro, isso é muito ruim.

Dou uma espiada no gostosão, quero dizer, babaca.

O que ele diria sobre alguém com dislexia querendo um diploma universitário? Provavelmente que eu precisaria de uma universidade que usa livros para colorir. Na verdade, nem os livros de colorir ajudariam muito – nunca consigo ficar dentro daquelas linhas estúpidas.

Suspiro e desvio o olhar, cada vez mais preocupada.

Deixando meus sonhos de lado, e se o elevador ficar parado por um tempo?

O problema mais imediato é minha crescente necessidade de fazer xixi – mas, paradoxalmente, uma preocupação de longo prazo será encontrar líquidos para beber.

Eu me pergunto... Se você está com sede o suficiente, seu corpo reabsorve a água da bexiga? Além disso, eu poderia dar uma de MacGyver e inventar um filtro para recuperar a água da minha urina com o que tenho comigo? Talvez através do pelo da gata?

Eu estremeço, e apenas parcialmente pelo ar-condicionado insano que, de alguma forma, está me alcançando aqui. A curto prazo, seria muito melhor se estivesse quente em vez de frio. Eu suaria os líquidos e não precisaria fazer xixi, embora ache que morreria de sede mais cedo. Lanço um olhar invejoso para o grande estranho. Aposto que ele tem uma bexiga do tamanho de um dirigível. Ele também tem uma garrafa de aço inoxidável que provavelmente está cheia de água que ele provavelmente não compartilhará.

Há também a questão da alimentação. Não tenho nada comestível comigo, a não ser uma lata de ração para gatos... e, teoricamente, a gata.

Não. Prefiro comer esse estranho à pobre Atonic.

Como um vidente, o estômago do estranho ronca.

Porcaria. Com esse cara sendo tão grande e malvado, ele provavelmente comeria a gata. Depois disso, ele me comeria... e não de uma forma divertida.

Estou tão, tão fodida.

———

Bilionário Mal-Humorado está disponível. Visite nossa página www.mishabell.com/pt/ para saber mais.

www.ingramcontent.com/pod-product-compliance
Lightning Source LLC
Chambersburg PA
CBHW010734130726
47899CB00015B/3246